唐駱先生集

［唐］駱賓王 撰　［明］王衡 注釋

拾瑶叢書

文物出版社

圖書在版編目（CIP）數據

唐駱先生集 / (唐) 駱賓王撰 ; (明) 王衡注釋. -- 北京 : 文物出版社, 2020.7
（拾瑶叢書 / 鄧占平主編）
ISBN 978-7-5010-6433-5

Ⅰ. ①唐… Ⅱ. ①駱… ②王… Ⅲ. ①唐詩 – 詩集 Ⅳ. ①I222.742

中國版本圖書館CIP數據核字(2019)第274513號

唐駱先生集 〔唐〕駱賓王 撰 〔明〕王衡 注釋

主　　編：鄧占平
策　　劃：尚論聰　楊麗麗
責任編輯：李縉雲　李子裔
責任印製：蘇　林

出版發行：文物出版社有限公司
社　　址：北京市東直門内北小街2號樓
郵　　編：100007
網　　址：http://www.wenwu.com
郵　　箱：web@wenwu.com
經　　銷：新華書店
印　　刷：藝堂印刷（天津）有限公司
開　　本：710mm × 1000mm　1/16
印　　張：20.25
版　　次：2020年7月第1版
印　　次：2020年7月第1次印刷
書　　號：ISBN 978-7-5010-6433-5
定　　價：135.00圓

前言

《唐駱先生集》八卷，唐駱賓王撰，明王衡等評釋。明萬曆凌毓楠刻朱墨套印本。每半頁八行，行十八字，白口，四周單邊。

駱賓王（約六一九—約六八七），字觀光，婺州義烏（今浙江義烏）人。少善屬文，七歲能賦詩，歷任武功主簿、長安主簿、侍御史，武后時數上疏言事，除臨海丞，不得志而辭官。光宅元年（六八四）隨徐敬業起兵，作《爲徐敬業討武曌檄》，敬業敗後不知其踪。《新唐書》有傳。

此書書前有萬曆辛卯（一五九一）三月汪道昆作《刻義烏駱先生文集叙》、乙卯（一六一五）春湯賓尹《駱侍御文集》。有總目録，下題『西吴凌毓楠殿卿父校』。各卷前有本卷目録。共收録詩一百二十五首、各體文五十一篇。卷端題『唐駱先生集卷一』，下題『辰玉王衡批釋，附諸名家參評』，爲朱色套印。版心上鎸『駱集卷某』，下鎸頁數。書後附録有郭子章撰《駱賓王李敬業論》《駱賓王本傳》及唐以來諸家評論，又有王衡所作跋文。正文爲黑色仿宋楷體，天頭及夾行小字爲王衡及蔣一葵、葛曦、顧璘、高棅、劉辰翁、胡應麟、王世貞、李攀龍、楊慎、鍾惺、譚元春、李贄、陳仁錫等諸家評點，爲手寫體朱色套印，書中圈點亦爲朱色。全書朱墨相間，層次井然，刻版精良，行文疏朗，汪序、湯序及王跋均爲草書上板，靈動飄逸。

王衡（一五六二—一六〇九），字辰玉，號緱山，别署蘅芜室主人。江蘇太倉人。萬曆時首輔王錫爵之子，爲避嫌而居家十數年不應試，至萬曆二十九年（一六〇一）其父致仕後方以榜眼及第，授翰林院編修，未幾而卒。能詩善書，錢謙益《列朝詩集小傳》稱其『通達古今治體，講求經世要務』，著有《緱山集》二十七卷、《紀游稿》一卷及《鬱輪袍》《真傀儡》等雜劇。

駱賓王生前未有纂集，中宗时詔求其文，得百餘篇，命郗雲卿編次，得十卷，兩《唐書》皆著録，已佚。現存最早的集子爲南北宋之際蜀刻唐人文集十一行本《駱賓王文集》十卷，今藏中國國家圖書館。歷宋元明清四代，駱集除十卷本外，又有八卷本、六卷本、四卷本、三卷本、二卷本、不分卷本等數十種不同版本，可謂衆多。其中，王衡所注八卷本，據其跋文可知，乃『于時廣行此集而坊肆競鐫，冀得僞售，破拆字句，漫贅汙濁，殊生穢憎，偶得此舊版，取其白文便讀，聊訂行之』。考此書目録所收篇目及書前汪道昆序與明萬曆間刻虞九章等人所注《唐駱先生文集》六卷皆同，然書中文字略有出入，或爲王衡校訂所致，亦或王氏所據底本另有他者，尚待進一步考證。

是書爲明萬曆凌毓楠刻朱墨套印本。中國國家圖書館、天津圖書館、南京圖書館、浙江圖書館、臺灣中央圖書館、美國哈佛大學燕京圖書館等均有收藏。凌毓楠，字殿卿，號學于居士，吴興縣人，凌湛初之子，凌濛初之侄。凌氏刻書始於凌濛初父輩凌稚隆等人，至凌濛初則尤以套印爲精，與同鄉閔氏并稱，『閔凌刻』成爲多色套印評點本刊刻中心。在凌濛初的帶領下，凌氏家族如其同輩瀛初、澄初，子侄輩毓楠、汝亨，孫輩啓康、弘憲、性德等人均參與到書籍的刊印校對活動中來。除此書外，凌毓楠參與刊刻的書還有《楞嚴經》十卷、《吕氏春秋》二十六卷等。

中國國家圖書館　王俊雙

二〇一九年十二月

刻義烏駱先生文集叙

夫中情懷而不諭當其技有文之用故情以披文文以相質則文之技已頗胡論文者之固也曰文人無行夫曰文人無行者則纂組鞶悅之中悃而闊外彩

其操業固然如咸陽韓非東京息夫躬之徒作孤憤賦絶命詞源炳矣幾傾十洲搖五嶽乃才之為罷驅儈脂韋筆贊而屠史則幾無行矣然余觀駱義烏之於唐末路阻瘖終身雖屢比踣

方執麈幾乎兩人頤其附敲業荷義戈志在掃攙搶而新日月即沈淪落魄不失為節俠慷慨之士彼實蹇其行無人乎五步之內銳于闒睫一擊不中卒以不振若之老其才養晦俟時而

動五王之烈方兹蔑矣逮其爲文凝厚質而攄藻思雖浸深排偶氣之爾雅之漸靡使然若歌行古詩體制雅馴翩翩合度皆其翦綵屬絢春華讓麗才士之深致也遂不朽矣顧余獨謂士

也未則不得絜其行即絜其行
之不得毁其才絜義焉之才也
者幾得以偉行擒奇絜義焉之
行也者幾得以直筆晦節尤怪
行儉監儒謬托衡鑒使與毗隣
二三子益以器識論殿之端以

業名顯士也夫武林虞君更生
耆古而雅言詩於初唐獨左袒
義烏因以暇蒐其全而閒為之
授其著歸緣注自足行不朽嗟
嗟文以行重行以文遠是寧以
文士纂烏義烏益不朽矣

萬曆辛卯三月社日千秋里人

汪道昆著并書

歸侍御文集

昭以質千載于一時考性是雕鏤之技也歟哉蓋必有淳乎其爲丈人毛鬢灑然而揚之亦舊足而樹之者唐故多文所稱

四傑烏駱傳清在當其文藻美麗
宣寵商而和金石為遠禮諸
公知之古今膾炙之矣及一抔六尺
兩經兵難微李氏煙而絕以反正至
是而李氏之傳清也嘗豈時人

皆稱快則尚時知侍御之雅令
諸生撤者無不挹其生氣影干
今先侍御也知侍御者固在此不
在彼已去侍御一代作者至儕不
讀者十歲從父負跋遊諸海邱

文人不遇大率然也徐渭之足以論
海而益彰〻遇何窮年徐渭且文人
〻不〻遇而功業在成敗〻間者一
徐渭足年積勞去求〻文〻諸亦遇〻
年徐渭之遇中〻宗〻〻知徐渭也嘻

夫

乙卯夏睡菴居士湯賓尹叙

唐駱先生集總目

西吳淩毓枏殿卿父校

附錄

唐駱先生集卷一目録

遊德州贈高四有序

在江南贈宋之問

按宋思禮事繼母以孝聞補蕭縣主簿會大旱井池涸母羸疾非泉水不適口思禮憂懼且禱忽泉水出諸庭味甘寒日不乏汲縣人異之尉柳晃為刻石勒頌

唐駱先生集卷一

辰玉王衡批釋
附諸名家參評

頌

靈泉頌并引

聞夫玄功幽贊。靈心以有德是親。至道冥符。篤行以通仁爲本。若乃天經地義。色養協于因心。夏清冬溫。愛敬弘于錫類。下逮六幽之奧。上洞三光之精。不有至誠。孰云斯感。有廣平宋思禮。字過庭。皇朝永州刺史昉之嫡孫

通篇最有結構其轉換過接處段段神遊斡旋曲折

鍾惺曰四六何必只用成語然有文人四六有詩人四六如義烏諸篇文人而無慧業者不能

狀旱之甚

戶部員外順之長子幼丁偏罰早喪慈親永懷鞠(一作養)育之恩長增思慕之痛弱不好弄長而能賢趨庭聞詩禮之風亢宗最曾閔之行事後母徐以至孝聞北面興悲泣高堂而咎巳東遊下位歡微祿以逮親調露二年來佐百里俯就微班之列將申返哺之情敬立身其若斯于從政乎何有時歲亢旱金石行銷遠近川源殆將堙絶濬井皆為湯谷通波盡化

形容泉之難致方見孝感

汚池。太夫人在遲暮之年。有溫勞之疾。非濫漿不可以適口。非源泉不可以蠲痾。色養既虧。憂惶靡訴。俄而聽堦之下。忽清泉自生。因疏導其源。遂流注不竭。味甘若醴。氣冷如冰。此邑城控剡溪。地連禹穴。基址多石。岡阜無津。爰自興建以來。曾微穿汲之利。非精神貫于有道。純志浹于無私。孰能洽冥貺以通幽導靈泉而致養者也。昔漢臣忠烈。窮井飛于

此見晃與思禮交狐之厚故欲壽文以紀之

一言。姜婦孝思。潛波移于七里。靜惟陳迹彼亦何人。蕭縣尉柳晃耿介之士也。道合則金蘭若膠漆。情異則軒冕猶塵泥。(一作埃塵)片善可嘉。朝聞甘于夕死。一諾猶重黃金。賤于白圭。以爲執友。素交豈利祿輕肥之謂也。賞音達禮。寧鐘鼓玉帛之云乎。所耻者没而無稱。所貴者存乎不朽。徒懷美志。未遇良材。某出贊荒隅。途經勝壤。三秋客恨。長懷宋玉之悲。一面交

結處更說得有餘不盡
琬琰玉板也
由通神而錫類
由錫類而賓名
三詩自有序次

歎暫雪桓譚之涕觀斯水之清泚感若人之精誠見賢思齊仰珪璋而有地揮毫與頌鏤琬琰以無懟乃作頌曰

粤若稽古厥初生民其誰不孝獨我難倫義不悖道仁不遺親愛敬盡力孝弟通神
顧我罔極因心感至冥契動天甘泉湧地冷冷無竭蒸蒸不匱曾是我私永錫爾類
爰有芳人景行芳塵事諧則感道洽斯親孝爲

此賦作散体文雜繁縟又與六朝不類若七言古詩然其格始于江淹別賦而引拓之蓋亦當時之体杜子美云王楊盧駱當時體此之謂也

銅焦即刁斗軍中用之

禮主名是實賓儷斯文之不墜知盛德之有隣

賦

蕩子從軍賦

皇甫汸曰蕩子從軍賦賦中之詩

胡兵十萬起妖氛漢騎三千掃陣雲隱隱地中鳴戰鼓迢迢天上出將軍邊沙遠離風塵氣塞草長萎霜露文蕩子辛苦十年行囘首關山萬里情遠天橫劒氣邊地聚笳聲鐵騎朝常警銅焦夜不鳴抗左賢而列陣比右校以疏營滄波

徼音叫邊塞也

拔距如今之飛踢

積凍連蒲海雨雪凝寒偏柳城若乃地分玄徼
路指清波邊城煖氣從來少關塞寒雲本自多
嚴風凜凜將軍樹苦霧蒼蒼太史河既拔距而
從軍且揚麾而挑戰征旆凌沙漠戎衣犯霜霰
樓船一舉爭沸騰烽火四連相隱見戈文耿耿
懸落星馬足駸駸擁飛電終取雋而先鳴豈論
功而後殿征夫行樂踐榆溪倡婦銜怨一作守坐空閨
蘼蕪舊曲終難贈芍藥新詩豈易題池前怯對

描寫征婦思夫情景淒其委婉

此賦只就螢火上發揮生出許多議論真絕世

鴛鴦伴庭際羞看桃李蹊花有情而獨笑鳥無恨而恒啼蕩子別來年月久賤妾空房更難守鳳皇樓上罷吹簫鸚鵡杯中休勸酒聞道書來一鴈飛此時緘怨下鳴機裁鴛帖夜被薰麝染春衣屏風宛轉蓮花帳夜月朎朧翡翠闈箇日新粧始復罷祇應含笑待君歸

螢火賦 有序

余猥以明時久遭幽縶見一葉之已落知四

文

莊履豐曰此序叙所以在獄賦螢之意其辭類離騷讀淒然悲哉兩語真是懷楚

吳臨平岸崩出一石鼓擊之無聲張華曰蜀有梧桐刻為魚形擊之則鳴

運之將終悽然客之爲心乎悲哉秋之爲氣也光陰無幾時事如何大塊是勞生之機小智非周身之務嗟乎綈袍匪舊白首如新誰明公冶之非孰辨臧倉之愬是用中宵而作達旦不瞑覩茲流螢之自明哀此覆盆之難照夫類同而心異者龍蹲歸而宋樹伐質殊而聲合者魚形出而吳石鳴苟有會于精靈夫何患于異類况乘時而變含氣而生雖造

葛曦曰此以信仁智義勇詠螢六寓自况之意賦中只數衍此數句

化之不殊亦昆蟲之一物應節不僭信也與物不競仁也逢昏不昧智也避日不明義也臨危不懼勇也事有沿情而動興因物而多懷感而賦之聊以自廣云爾

丹鳥螢也

葛曦曰前八句言螢之形質此四句言螢方生

伊玄功之播氣有丹鳥之賦象順陰陽而亭毒資變化而含養每寒潛而暑至若知來而藏往既發輝以外融亦含光而內朗若夫小暑南收大火西流林塘改夏雲物凝秋忽臨虛而赴遠

之時
火齊夜光皆珠
名

極狀螢之光明
飛以所謂体物
搯也以賦中而
作對句蓋此体
皆六朝之習

乍排叢而出幽如火齊之宵映若夜光之暗投
逝將歸而未返忽欲去而中留入槐榆而焰發
若攻燧而改周繞堂皇而泛影疑秉燭以嬉遊
點綴懸珠之網隱映落星之樓乍滅乍興或聚
或散居無定所習無常翫曳影周流飄光凌亂
泛灩乎池沼徘徊乎林岸狀火井之沉熒似明
珠之出漢值衝飈之不烈逢淫雨而逾煥焰灼
兮若湛盧（劍名）之夜飛灼爍兮像招搖（星名）之夕爛與庭

范醇敬曰一螢火之微直說到玄妙處暗室不欺明義應時之句奇哉奇哉

燎而相炫燃重陰于巳昏共爝火而齊息避太陽于始旦爾其光不周物明足自資偶仙鼠而伺夜對飛蛾之赴熺類君子之有道入暗室而不欺同至人之無迹懷明義以應時處幽不昧居照斯晦隨隱顯而動息候昏明以進退委性命兮幽玄任物理兮推遷化腐木而含彩集枯草而藏烟不貪熱以苟進每和光而曲全豈鎔金而自爍寧膏火之相煎陋蟬蜩之易蛻怵螻

有羨乎螢若在此數句

陽燧石名向日照之則火光出以紙近之則燃

蟻之慕羶匪傷蜉蝣之名不羨龜鶴之年搶榆飛而控地搏扶起而垂天雖小大之殊品豈逍遥之異筌夫何化之斯化無使然而自然若乃有來斯通無往不至排朱門而獨遠昇青雲而自致匪偷光于隣壁寧假輝于陽燧終狥巳以致能靡因人而成事物有感而情動迹或均而心異響必應之于同聲道固從之于同類殆未明于趨舍庸詎識其旨意予尚不知魚之爲樂

淮南子曰牛哀人名病七日化而爲虎

到此方說在本身上去

吾又安知螢之爲利。高明兮有融。遷變兮無窮。
牛哀倏而化虎。豺泉忽兮生熊。血三年而藏碧。
魂一變而成虹。知戰場之有燐。悟冤獄之爲蟲。
彼翾飛之弱質。尚矯翼而凌空。何微生之多蹟。
獨宛頸以觸籠。與壁光之照廡。同劍影之埋豐。
覬道迷而可復。庶幽鑒而或通。覽光華而自照。
顧形影以相弔。感秋夕以殷憂。歎宵行以熠燿。
熠燿飛兮絕復連。殷憂積兮明且煎。見流光之

范醇敬曰已上悉論炎化之理而獨傷己之獄未與其得脫意

言己若不隸時主功塞外恐歲月易流勳名不立徒居京師爲可惜耳此即賈誼請纓終軍棄繻之意

不息愴驚魂之屢遷如過隙兮已矣同奔雷兮忽焉儻餘光之可照庶寒灰之重燃

五言古詩

五言起于蘇李然夏歌楚謠間用五字或句雖向体未全是五言之濫觴也

懷古意上裴侍御 即裴行儉

三十二餘罷鬢是潘安仁四十九仍入年非朱買臣縱橫愁繫越坎壈倦遊秦出籠窮短翮委轍涸枯鱗磨鉛不霑用彈鋏欲誰申天子未驅策歲月幾沉淪輕生長慷慨効死獨慇懃徒歌

易水客空老渭川人一得覘邊塞萬里何苦辛劒匣胡霜影弓開漢月輪金方動秋色鐵騎拍風塵爲國堅誠款捐軀忘賤貧勒功思比憲決策暗欺陳若不犯霜雪虛擲玉京春

夏日遊德州贈高四 有序

夫在心爲志發言爲詩詩有不得盡言言有不得盡意僕少負不羈長逾虛誕讀書頗存涉獵學劒不待窮工進不能矯翰龍雲退不

只就家常寫出自是俊逸

能棲神豹隱撫循諸已深覺勞生而太夫人在堂義須捧檄因仰長安而就日赴帝鄉以望雲雖史闕三冬而書勞十上嗟乎入門自媚誰相謂言致使君門隔于九重中堂遠于千里既而交非得兔路是亡羊幸而敬止敝廬竭來初服遂得載披玉葉款洽金蘭傾意氣于一言締風期于千祀雖交因意合貧得意以敦交道契言忘少寄言而筌道是以輕

惡音僫

酧一作醻

此篇首叙山川風物之盛以美高次叙其稍遇之學繼而自述流落之感身將歸隱而有望于高之汲引亦猗人白駒空谷之義也

投木李以代疏麻章句繁蕪心神媿惡庶酧

雅韻佇辱報章則紫氣連星開龍文于劒匣

素輝虧月領驪領于珠胎云爾

日觀隣全趙星臨俯舊吳隔津開巨浸稽阜鎮

名都（劍名）紫雲浮劒匣青山孕寶符封疆恢霸道問

鼎競雄圖神光包四大皇威震八區風烟通地

軸星象正天樞天樞限南北地軸殊鄉國闢門

通舜賓比屋封堯德言謝垂鉤隱來叅負鼎職

翟公羅相問可羅雀

筌者取魚器也

天子不見知。群公詎相識。未展從東駿。空戢圖南翼。時命欲何言。撫膺長歎息。歎息將如何。遊人意氣多。白雲梁山曲。寒風易水歌。泣魏傷吳起。思趙切廉頗。淒斷韓王劍。生死翟公羅。羅悲翟公意、劍負韓王氣、驕餌去易論。忌途良可畏。夙昔懷江海。平生混涇渭。千載契風雲。一言忘賤貴。去去訪林泉。空谷有遺賢。（此言高訪已）言投爵里刺。來泛野人船。締交君贈縞。投分我忘筌。成風郢匠

太史河名

斲流水伯牙絃牙絃忘道術漳濱悠閑逸聊安
張蔚廬詎掃陳蕃室虛室狎招尋敬愛混浮沉
一諾黃金信三復白圭心霜松貞雅節月桂朗
冲襟靈臺萬頃濬學府九流深談玄明毀璧拾
紫陋籯金鷺濤開碧海鳳彩綴詞林林虛星華
映水瀲霞光淨霞水雨分紅川源四望通霧卷
天山靜烟銷太史空鳥聲流迴薄蝶影亂芳叢
柳陰低槧水荷氣上薰風風月芳菲節物華紛

二句有餘情

可悅。將歡促席賞。遽爾言歸別。積水帶吳門。通波連禹穴。贈言雖欲盡。（此叙別）機心庶應絕。潘岳本自閑。梁鴻不因熱。一瓢欣狎道。三月聊棲拙。棲拙隱金華。狎道訪仙查。放曠愚公谷。消散野人家。一頃南山豆。五色東陵瓜。野衣裁薜荔。山酒酌藤花。白雲離望遠。青溪隱路賒。倘憶幽巖桂。猶冀折疎麻。

在江南贈宋五之問

議論精明文勢
負治引喻典寔
可稱千古絕調

墨子曰楚之明
月生於群蜃
尸子云凡水其
方折者有玉其
負折者有珠

井絡雙源濬。陽侯九派長。淪波通地穴。委輸下歸塘。別島籠朝蜃。連洲擁夕陽。韞珠成積潤。讓璧動浮光。浮光疑折水。積潤疏圓沚。玉輪涵地開。劒匣連星起。風烟摽迥秀。英靈信多美。懷德踐遺芳。端操慙謀巳。謀巳謬觀光。牽迹强悽惶。揆拙迷三省。勞生昧兩忘。彈隋空勸笑。獻楚自多傷。一朝殊語默。千里異炎涼。炎涼幾遷貿。川陸疲臻湊。積水架吳濤。連山横楚岫。風月雖殊

感慨之語自別

昔星河猶是舊。姑蘇望南浦。邯鄲通北走。北走平生親。南浦別離津。瀟湘一超忽。洞庭多苦辛。秋江無綠芷。寒汀有白蘋。采之將何遺。故人漳水濱。漳濱已遼遠。江潭未旋返。爲聽短歌行。尚想長洲苑。露金薰菊岸。風珮搖蘭坂。蟬鳴稻葉秋。鴈起蘆花晚。晚秋雲日明。亭皐風露清。獨負平生氣。空牽搖落情。占星非聚德。夢月詎懸名。寂寥傷楚奏。淒斷泣秦聲。秦聲懷舊里。楚奏悲

言世無非較用
之者

無巳郢路少知音叢臺富奇士溫輝凌愛日壯
氣驚寒水一顧重風雲三冬足文史文史盛紛
綸京洛多風塵猶輕五車富未春一囊貧李仙
非易託蘇鬼曲難因不惜勞歌盡誰爲聽陽春

唐駱先生集卷二目錄

五言律詩

詠美人在天津橋

於紫雲觀贈道士 有序

在獄詠蟬 并序

途中有懷

出石門

至分陜

至汾水戍

北眺春陵

送宋五之問得涼字

冬日過故人任處士書齋

詠塵灰

秋晨同淄川毛司馬九咏秋風

秋雲

秋蟬

秋露

秋月

欒大夫挽詩五首

丹陽刺史挽詩三首

餞駱四得鍾字二首

渡瓜步

皇甫汸曰賓王全用平韻更無仄字終篇若此因雲興感即太白鳳凰臺末句攄為浮雲能蔽日長安不見使人愁之義言小人蔽君使已不見用也

唐駱先生集卷二

五言律詩

律詩之興雖自唐始蓋由梁陳以來儷句之漸也

春雲處處生

千里年光靜。四面春雲生。槩日祥光舉。疎雲瑞葉輕。蓋陰籠迥樹。陣影抱危城。非將吳會遠。飄蕩帝鄉情。

白雲抱幽石

重巖抱危石。幽澗曳輕雲。繞頊仙衣動。飄蓮羽蓋分。錦色連花靜苔光帶葉薰詎知吳會影（一作盡）長抱穀城文。

秋日餞陸道士陳文林 有序

陸道士將（叙別）遊西輔。通莊指浮氣之關。陳文林言返東吳。脩途走落星之浦。于是維舟錦水。藉蘭若以開筵。紲（叙餞）騎金隄。泛榴花于祖道。于時赤熛紀節白帝司神。霜（叙秋日）鴈銜蘆。舉賓行而候氣寒蟬噪柳。帶涼序以含情。加以山接太

行聳羊腸而飛蓋河通少海疏馬頰以開瀾

登高切送歸之情臨流感逝水之歎旣而嗟

別路之難駐惜離樽之易傾雖漆園筌啼已

忘言于道術而陜陽風雨貴抒情于詠歌各

賦五言同爲四韻庶幾別後有暢離憂

青牛遊華岳赤馬走吳宮玉柱離鴻怨金罍浮

蟻空日霽崤陵雨塵起陜陽風唯當玄度月千

里與君同

桑乾河名
晉書角端捲月
古每以弓擬月

送鄭少府入遼

邊烽警榆塞，俠客度桑乾。柳葉開銀鏑，桃花照玉鞍。滿月臨弓影，連星入劍端。不學燕丹客，空歌易水寒。

送費六還蜀

星樓望蜀道，月峽指吳門。萬行流別淚，九折切驚魂。雪影含花落，雲陰帶葉昏。還當三遥晚，獨對一清尊。

清標逸度筆墨
間都是靈氣

秋日送矦四

我留安豹隱君去學鵬摶岐路分襟易風雲促膝難夕漲流波急秋山落日寒唯有思歸引凄斷爲君彈

秋日送尹大赴京 有序

尹大官三冬業暢指南臺而拾青薛六郎四海情深飛桂尊而舉白于時兎華東上龍火西流劍彩沉波碎楚蘭于秋水金暉照岸秀

陶菊于寒。隄旣切送歸之情。彌軫窮途之感。重以淸江帶地。問吳會于星津。白雲在天。望長安于日路。人之情也。能不悲乎。雖道術相忘。叶神交于靈府。而風烟懸隔。貴申心于翰林。淸㨠詞鋒。同開筆海。人爲四韻。用慰九秋。挂瓢余隱舜。負鼎爾于湯。竹葉離罇滿。桃花别路長。低河耿秋色。落日抱寒光。素書如可嗣。幽谷許賓行。

通篇雅重沉着。非晚唐筆力可到。

描秋處每篇各一景色工巧之甚

楊雄云鴻翼勵翰此自謙之辭

秋夜送閻五還潤州 有序

閻五官言返維桑。修途指金陵之地。李六郎交深投漆。開筵浮白玉之尊。于時璧彩澄空。漏輕光于雲葉。珪陰散迥。搖碎影于風梧。雖桂醑蘭釭。暫淹留于一夕。而青山黄鶴。將惆悵于九秋。請勒四言。俱申五際。

通莊抵舊里。溝水急新知。斷雲飄易滯。連露積難披。儫風啼迴堞。驚月遶疎枝。無力勵短翰。輕

此專以寉喻末二句通篇生色

劉琨云舉觴對膝破涕為笑

舉送長離。

送王明府上京叅選

振衣遊紫府。飛蓋背青田虛心恒警露。孤影尚凌煙。離歌淒妙曲。別引遶繁絃。在陰如可和清響會聞天。

秋日送別

寂寥心事晚。搖落歲時秋。共此傷年髮相看惜去留當歌應破涕哀命返窮愁。別後能相憶東

點景句佳

陵有故侯

別李嶠得勝字

芳樽徒自滿，別恨轉難勝。客似遊江岸，人疑上灞陵。寒更承夜永，凉景向秋澄。離心何以贈，自有玉壺冰。

在兗州餞宋五

淮㞗泗水地，梁甫汶陽東。別路青驪遠，離罇綠蟻空。柳寒凋密翠，棠晚落疎紅。別後相思曲，凄

顧憐曰幽意絕人

顧憐曰高不可及

斷入琴風。

遊靈公觀

靈峯標勝境神府枕通川玉殿斜臨漢金堂迴架烟斷風疎晚竹流水切寒絃別有青門外空懷玄圃仙。

夏日遊山家同夏少府

返照下層岑物外狎招尋蘭徑薫幽佩槐庭落暗金谷静風聲徹山空月色深一遣樊籠累唯

浦夏田秋宇衡用奇

綺疏窗户格子

餘一作應

餘松桂心

夏日遊目聊作

暫屏囂塵累言尋物外情致逸心逾默神幽體自輕浦夏荷香滿田秋麥氣清詎假滄浪上將濯楚臣纓

同崔駙馬曉初登樓思京

麗樵通四望繁憂起萬端綺疏低曉魄鏤檻肅初寒白雲鄉思遠黃圖歸路難唯餘西向笑暫

藻詞麗語意更悠揚

似當長安

初秋登司馬樓宴 有序

司馬公千里騰光翼外臺而展足九日多暇敞麗樵以開筵于時葭散秋灰檀移夏火鴻飛漸陸流斷吹以來寒鶴鳴在陰上中天而警露于是餚開玉饌炙雜佩以薰蘭酒泛之金翹映清鐏而湛菊雖傍臨廣泒有異漳渠之遊而俯瞰崇墉雅叶城隅之會物色相召江

楊雄以詩賦為雕虫小技

即事作頌對景生情何等超脫

山助人請振翰林用濡筆海

展驥端居暇登龍嘉宴同締賞三清滿承歡六

義通野曠寒陰積潭虛夕照空顧慚非夢鳥濫

此厠彫蟲

初秋於竇六郎宅宴詩 有序

六郎道合釆葵嘯懸鶉而契賞諸君情諧伐

木仰登龍以締交于時一葉驚寒下陳柯而

捲翠百花凝照淡虛牖以披紅既而俱欣得

賦一作聲

兔之情共掩亡羊之淚物我雙致匪石席以言蘭心口兩齊混汙隆而酌桂雖忘筌戴笠輿交態于靈臺而搦管操觚叶神心于勝氣曷陳六義請賦一言即事凝毫成者先唱

千里風雲契一朝心賞同意盡深交洽神靈俗累空草帶銷寒翠花枝發夜紅惟將淡若水長挹古人風

春夜韋明府宅宴

拈夜字裝景

如此說景極易極難

酌桂陶芳夜披薜肅幽人雅琴馴曾雉清歌落范塵宿雲低迴蓋殘月上虛輪幸此承恩洽聊當故鄉人

冬日宴

二三物外友一百杖頭錢賞洽袁公地情披樂令天促膝鸞觴滿當爐獸炭燃何須攀桂樹逢此自留連

鏤鷄子

唐俗清明節鏤雞子為人物花卉之形以相遺

中山有千日酒王世貞曰飲千日酒至期發塚而醒人知有劉玄石而不知有鄭英

幸遇清明節。欣逢舊練人。刻花爭臉態。寫月競眉新。暈罷空餘月。詩成併道春。誰知懷玉者。含響未吟晨。

詠雲酒

朔空曾紀歷。帶地舊疏泉。色泛之臨碭。瑞香流赴蜀仙。欵交欣散玉。怡友悅沉錢。無復中山賞。空吟吳會篇。

詠美人在天津橋

美女出東隣，容與在天津。動衣香滿路，移步襪生塵。水下看粧影，眉頭畫月新。寄言曹子建，箇是洛川神。

於紫雲觀贈道士 有序

余鄉國一辭，江山萬里。昔年離別，還同塞北之鳧；今日歸來，即似遼東之鶴。先生情均得兎，忘筌之契已深；路是亡羊，分岐之恨逾切。不題短什，何汰衷襟。

鍾惺曰思理韻致是四六中一篇小題絶佳文字
雅大鍾曰實王詠蟬之作甚神全矣其曾無疑之于草蟲乎

碧落澄秋景玄門啓曙關人疑列禦至客似令威還羽蓋徒忻仰雲車未可攀只應傾玉醴時許寄頽顔

在獄詠蟬 有序

予禁所禁垣西是法曹聽事也有古槐數株焉雖生意可知同殷仲文之古樹聽訟斯在卽周召伯之甘棠每至夕照低陰秋蟬疏引發聲幽息有切常聞豈人心異於曩時將蟲

鍾惺曰遣語倆妙何不移之于詩
譚元春曰有目斯開妙在斯字有翼自薄自字尤不可思議
鍾惺曰俗厚字形容好咲清畏人知用來悅蟬妙絕

響悲乎前聽嗟乎聲以動容德以象賢故潔其身也稟君子達人之高行蛻其皮也有仙都羽化之靈姿候時而來順陰陽之數應節爲變審藏用之機有目斯開不以道昏而昧其視有翼自薄不以俗厚而易其眞吟喬樹之微風韻資天縱飲高秋之墜露淸畏人知僕失路艱虞遭時徽纆不哀傷而自怨未搖落而先衰聞蟪蛄之有聲悟平反之已奏見

鍾惺曰信高潔三字森挺不肯自下

螳螂之避影怯危機之未安感而綴詩貽諸知己庶情沿物應哀弱羽之飄零道寄人知憫餘聲之寂寞非謂文墨取代幽憂

西陸蟬聲唱南冠客思侵那堪玄鬢影來對白頭吟露重飛難進風多響易沉無人信高潔誰爲表予心

途中有懷

睠然懷楚奏悵矣背秦關涸鱗驚照轍墜羽怯

虛彎素服三川化。烏裘十上還。莫言無皓齒。時俗薄朱顔。

出石門

層巒遠接天。絶嶺上棲烟。松低輕蓋偃。藤細弱鈎懸。石明如挂鏡。苔分似列錢。暫策爲龍杖。何處得神仙。

至分陝

陝西開勝壤。召南分沃疇。列樹巢維鵲。平渚下

中四句寫汾水景末二句説戍

疲倦明宿四字落得有致

雎鳩。憇棠疑勿剪。曳葛似攀樛。至今王化美。非獨在隆周

至汾水戍

行役忽離憂。復此愴分流。濺石迴湍咽。縈叢曲澗幽。陰崖常結晦。宿莽競含秋。況乃霜晨早。寒風入戍樓。

北虒春陵

總轡疲宵邁。驅馬倦晨興。既出封泥谷。還過避

眼前点綴便成佳語

南陵山明行照上谿宿客雲蒸登高徒欲賦詞

殫獨撫膺

望鄉夕泛

歸懷到不安促榜犯風瀾落宿含樓近浮月帶

江寒喜遂行前志憂從望裏寬今夜南枝鵲應

無繞樹難

久客臨海有懷

天涯非日觀地岊望星樓練光搖亂馬劍氣上

摹欣過在末二句

讀元稹歲日詩一日今年始一年前事空凄凉

連牛。草濕姑蘇夕。葉下洞庭秋。欲知凄斷意。江上步安流。

遊兗部逢孔君自衛來欣然相遇若舊

遊人自衛返。客背隔淮來。傾蓋金蘭合。忘筌玉葉開。繁華明月柳。疎蘂落風梅。將期重交態。時慰不然灰。

西京守歲

閑居寡言宴。獨坐慘風塵。忽見嚴冬盡。方知列

百年事應與一年同不覺憮然意格猶勝篆鳥

宿春夜將寒色去年共曉光新耿耿他鄉夕無由展舊親

同辛簿簡仰酬思玄上人林泉四首

聞君招隱地髣髴武陵春緝芰知遠楚披蓁似避秦崩查年祀積幽草歲時新一謝滄浪水安知有逸人

其二

芳晨臨上月幽賞狎中園有蝶堪成夢無羊可

顧璘曰起得高古畧無粉色而情境俱稱悲慨

觸藩忘懷南澗藻獨思北堂萱坐歎華滋歇思君誰爲言。

其三

林泉恣歷賞風景暫徘徊客有遷鶯處人無結駟來聚花如薄雪沸水若輕雷今日徒招隱終知異鑿坏。

其四

俗遠風塵隔春還初服遲林疑中散地人似上

顧璘曰綴語多情

皇時芳杜湘君曲幽蘭楚客詞山中有春草長似寄相思

憲臺出縶寒夜有懷

獨坐懷明發長謠若未安自應迷北叟誰肯問南冠生死交情異殷憂歲序闌空餘朝夕鳥相伴夜啼寒

月夜有懷簡諸同寮

閑庭落景盡疎簾夜月通山靈響似應水淨望

孤帆遠影碧空盡惟見長江天際流與此同象而音節風格更勝

如空棲枝猶遶鵲遵渚未來鴻可歎高樓婦悲思杳難終

送郭少府探得憂字

開筵枕德水輟棹艤仙舟貝闕桃花浪龍門竹箭流當歌凄別曲對酒泣離憂還望青門外空見白雲浮

送宋五之問得涼字

願言游泗水支離去二漳道術君所篤筌蹄余

膠漆金蘭俱從故人上看眼

自忘雪威侵竹冷秋爽帶池涼欲驗離襟切岐路在他鄉

冬日過故人任處士書齋

神交尚投漆虛室罷遊蘭網積窓文亂苔深履迹殘雪明書帳冷水淨墨池寒獨此琴臺上流水為誰彈

詠塵灰

洛川流雅韻秦道擅苛威聽歌梁上動應律管

咏秋數首一時情興適與景會寫得清新流麗又極哀怨所以為難

中飛光飄神女襪影落羽人衣願言心未騁終
冀效輕微

秋晨同淄州毛司馬九咏秋風

紫陌炎氣歇青蘋晚吹浮亂竹摇疎影縈池織
細流飄香曳舞袖帶粉泛粧樓不分君恩絕紈
扇曲中秋

秋雲

南陸銅渾改西郊玉葉輕泛影摇光動臨空瑞

色明蓋陰連鳳闕陣影翼龍城誰知時不遇空傷留滯情

秋蟬

九秋行已暮一枝聊暫安隱榆非諫楚噪柳異悲潘分形粧薄鬢鏤影飾危冠自憐疎影斷荒林夕吹寒

秋露

玉關寒氣早金塘秋色歸泛掌光逾淨添荷滴

方虛谷云不覺入工

尚微變霜凝曉液承月表圓輝別有吳臺上應濕楚臣衣

秋月

雲披玉繩淨月滿鏡輪圓裛露珠暉冷凌霜桂影寒漏彩含疎簿浮光漾急瀾西園空自賞南飛終未安

秋水

貝闕寒流徹玉輪秋浪清圖雲錦色淨寫月練

譚元春曰此公詩極蹭極拙以此前四句佳者又以後四語不稱黜之則無詩矣

又曰作螢詩即想用囊螢事非名手所為

花明泛曲鶤絃動隨軒鳳轄輕唯將御溝上淒斷送歸情

秋螢

玉虬分靜夜金螢照晚凉含輝疑泛月帶火怯凌霜散彩縈虛牖飄花繞洞房下帷如不倦當解借餘光

秋菊

擢秀三秋晚聞香十步中分黃俱笑日含翠共

搖風碎影臨流動浮香隔岸通金翹徒可泛玉
掌竟誰同

秋鴈

聯翩辭海曲搖曳指江干陣去金河冷書歸玉
塞寒帶月凌空易迷烟逗浦難何當同顧影刷
羽向清瀾

咏鴈

嘹嘷滄江遠銜蘆紫塞長霧深迷晚景風急斷

漢月曰明胡塵曰染字中有骨

秋行幃照通宵月書封幾夜霜無復能鳴分空
知愧稻粱

王昭君

歛容辭豹尾緘怨度龍鱗金鈿明漢月玉筯染
胡塵古鏡菱花暗愁眉柳葉嚬（婁然）唯有清笳曲時
同芳樹春

詠雪

龍雲玉葉上鶴雪瑞花新影亂銅烏吸光銷玉

馬津含輝明素篆隱迹表祥輪幽蘭不可儷徒自繞陽春

詠水

列名通地紀疏派合天津波隨月色淨態逐桃花春照霞如隱石映柳若沉鱗終當挹上善屬意淡交人

樂大夫挽詞五首

可歎浮生促吁嗟此路難丘陵一起恨言笑幾

生時雖久不過三萬日死後千秋竟不可知二句形容可悲可泣

時權蕭索郊埏晚荒涼井陘寒誰當門下客獨有見任安

其二

蒿里誰家地松門何代丘百年三萬日一別幾千秋返照寒無影窮泉凍不流居然同物化何處欲藏舟

其三

昔去梅笳發今來薤露晞形騶朝帝闕丹旐背

悽惋而味悠長

王畿城郭猶疑是。原陵稍覺非。九京如可作。千載與誰歸。

其四

一旦先朝菌。千秋掩夜臺。青鳥新兆去。白馬故人來。草露當春泣。松風向暮哀。寧知荒隴外。弔鶴自徘徊。

其五

忽見靈臺路。猶疑水鏡懸。何如開白日。非復覩

情思容治中間
多少怨恨

青天華表迎千歲幽扃送百年獨嗟流水引長
掩伯牙絃

丹陽刺史挽詞

百齡嗟倏忽一旦附山阿丹旌銷亡盡青松哀
思多蒿風應聽曲薤露反成歌自有藏舟處誰
憐隙駟過

其二

惻愴恒山羽留連棣蕚篇佳城非舊日京兆即

詩思宏麗開闔
变化尤深典雅

新阡城郭三千歲丘陵幾萬年唯餘松栢隴朝
夕起寒烟

其三

短歌三獻曲長夜九泉臺此室玄扃掩何年白
日開荒郊踈古木寒隧積陳荄獨此傷心地松
聲薄暮來

餞駱四得鍾字二首

平生何以樂斗酒夜相逢曲中驚别緒醉裏失

近時所極力摸彷者

愁容星朗懸秋漢，風香入曙鐘，明日臨溝水，青山幾萬重。

其二

甲第驅車入，良宵秉燭遊，人追竹林會，酒獻菊花秋，霜吹飄無已，星河漫不流，重嗟歡賞地，翻召別離憂。

渡瓜步

形擬渡處如畫

捧檄辭幽徑，鳴榔下貴洲，驚濤疑躍馬，積氣似

連牛月逈黃沙淨風急夜江秋不學浮雲影他

鄉空滯留

唐駱先生集卷三目錄

五言排律

晚泊蒲類

晚渡黄河

早發淮口望盱眙

遠使海曲春夜多懷

晚泊江鎮

早發諸暨

晚憇田家

宿山庄

在軍中贈先還知巳

夏夜憶張二

和李明府

望月有所思

寓居洛濵對雪憶謝二

西行别東臺詳正學士

春晚從李長史遊開道林故山

和王記室從趙王春日遊陀山寺

排律之作其源自顏謝諸人古詩之變音首尾排句聯對精密與古詩差別

此借浮槎以自喻言已雖有材不能全身遠害以羅于禍又自喻其材之上可用眞有憐而收之者

唐駱先生集卷三

五言排律

浮槎 有序

遊目川上觀一浮槎汎汎然若木偶之乘流迷不知其所適也觀其根抵盤屈枝榦扶疎大則有棟梁舟檝之材小則有輪轅欂櫨之用非夫稟乾坤之秀氣含宇宙之淳精孰能負凌雲翳日之姿抱積雪封霜之骨向使懷

迹一作蹟

材幽藪。藏穎重岩。絕望於廊廟之榮。遺形於斤斧之患。固可垂蔭萬畝。懸映九霄。與建木較其長短。將大椿齊其年壽者。而委根險岸。託迹畏途。上爲疾風衝飈所摧殘。下爲奔浪迅波所激射。基由壞括。勢以地危。豈盛衰之理繫乎時。封植之道存乎我。一墜泉谷。萬里飄淪與波浮沉隨時逝止雖殷仲文歎生意已盡孔宣父知朽質難彫然而遇良工逢仙

用意用句大入化境

乘一作尋

即上牛磯四句意

客牛磯可託玉璜之路非遙匠石先談萬乘之器何遠故用不用時也悲夫然則萬物之相應感者亦奚必同聲同氣而已哉感而賦詩貽諸同志

昔負千乘質高臨九仞峯貞心凌晚桂勁節掩寒松忽值風飈折坐爲波浪衝摧殘空有恨擁腫遂無庸渤海三千里泥沙幾萬重似舟飄不定如梗泛何從仙客終難託良工豈易逢徒懷

桃花津名此又指馬之色言竹葉酒名

萬乘器誰爲一先容

送吳七遊蜀

日觀分齊壤星橋抵蜀門桃花嘶別路竹葉瀉離罇夏老蘭猶茂秋深柳尚繁霧銷山望迥風高野聽喧勞歌徒欲奏贈別竟無言唯有當秋月空照野人圓

春霽早行

年華開早律霽色蕩芳晨城闕千門曉山河四

100

風韻縹緲悲悍中無限含情

望春御溝通太液，戚里對平津。寶瑟調中婦，金罍引上賓。劇譚推曼倩，驚坐揖陳遵。意氣一言合，風期萬里親。自惟安直道，守拙忌因人。談器非先木，圖榮異後薪。揶揄慙路鬼，憔悴切波臣。玄草終疲漢，烏裘幾滯秦。生涯無歲月，岐路有風塵。還嗟太行道，處處白頭新。

秋日山行簡梁大官

東馬陟層阜，迴首睇山川。攢峯銜宿霧，疊巘架

前敘山行後敘樂山之趣

孫登之琴一絃

慎曰崑崙有
水鴻毛不能
起

寒烟百重合翠色一道落飛泉香吹分巖桂鮮雲抱石蓮地偏心易遠致默體逾玄得性靈遊刃忘言已棄筌彈冠勞巧拙結綬倦牽纏不如從四皓丘中鳴一絃

晚度天山有懷京邑

忽上天山路依然想物華雲疑上苑葉雪似御溝花行嘆戎麾遠坐憐衣帶賒交河浮絕塞弱水浸流沙旅思徒漂梗歸期未及瓜寧知心斷

蓮心為葯

絕夜夜泣胡笳

晚泊河曲

三秋倦行役千里泛歸潮通波竹箭水輕舸木蘭橈金隄連曲岸貝闕影浮橋水淨千年近星飛五老遙疊花開宿浪浮葉下涼飈浦河疏晚葯津柳漬寒條徬徨勞梗泛凄斷倦蓬飄仙查不可託河上獨長謠

晚泊蒲類　蒲類塞外河名

胡元瑞曰排律起句宜冠冕雄渾唐人可法者盧照隣地道巴陵北天山弱水東駱賓王二庭歸望斷萬里客心愁最為得体

亂字奇

馬頰龍門俱河名

二庭歸望斷萬里客心愁山路猶南屬河源自北流晚風連朔氣新月照邊秋竈火通軍壁烽烟上戍樓龍庭但苦戰燕頷會封侯莫作蘭山下空令漢國羞

晚渡黃河

千里尋歸路一葦亂平源通波連馬頰迸水急龍門照日榮光淨驚風瑞浪翻棹唱臨風斷樵歌入聽喧岸迥秋霞落潭深夕霧繁誰堪逝川

上日暮他鄉魂

早發淮口望盱眙

養蒙分四瀆習坎奠三荆從帝留餘地封王表
舊城岸昏涵蜃氣潮滿應鷄聲洲迴連沙靜川
虛積溜明一朝從捧檄千里倦懸旌背流桐栢

桐栢山名淮水所出

遠逗浦木蘭輕小山迷隱路大塊切勞生惟有
眞心在獨映寒潭清

遠使海曲春夜多懷

語語含情

魯禽息仕齊有思歸之嘆

銷晚夏入新秋多韻

末二句本懷不禁

長嘯三秋晚。端居百慮盈。未安蝴蝶夢。遽切魯禽情。別島連環海。離魂斷戍城。流星疑伴使。行月似依營。懷祿寧期遠。牽時匪徇名。艱虞行已遠。時迹自相驚。

晚泊江鎮

四運移陰律。三翼泛陽侯。荷香銷晚夏。菊氣入新秋。夜烏喧粉堞。宿鴈下蘆洲。海霧籠邊徼。江風繞戍樓。轉蓬驚別渚。迯名謝蟻丘。還嗟帝鄉

精性蓬心妙對

遠空望白雲浮

早發諸暨

征夫懷遠路。夙駕上危巒。薄煙橫絕巘。輕凍澁迴湍。野霧連空暗。山風入曙寒。帝城臨霸涘。禹穴枕江干。橘性行應化。蓬心去不安。獨有窮途淚。長歌行路難。

晚憩田家

轉蓬勞遠役。披薜下田家。山形類九折。江勢急

澈一作駛風急
曰駛

每觸思用世

三巴懸梁接斷岸溢路擁崩查霧巖淪曉魄風澈漲寒沙心迹一朝舛關山萬里睽龍章徒表越閩俗本非華旅行悲泛梗離贈斷疎麻惟有寒潭菊獨似故園花

宿山庄

金陵一超忽玉燭幾環周露積吳臺草風入郢門楸林虛宿斷霧磴險掛懸流拾青非漢策緇化類秦裘牽迹猶多蹇勞生未寡尤獨此他鄉

玉卮浮藻麗狀
其善為文
思懷二句奇

王世貞曰候月
兩句絕似老杜

夢空山明月秋

過張平子墓

西鄂該通里南陽擅德音玉卮浮藻麗銅渾積
思深忽懷今日昔非復昔時今日往豐碑閣一作閑風
來古木吟惟嘆窮泉下終鬱羨魚心

邊城落日

紫塞流沙北黃圖灞水東一朝辭俎豆萬里逐
沙蓬候月長持滿尋源屢鑿空野昏邊氣合峯

末四句慨然有請纓之志

迥戍烟通，膂力風塵倦。疆場歲月窮，河流控積石，山路遠崆峒。壯志凌蒼兕，精誠貫白虹。君恩如可報，龍劒有雌雄。

蓬萊鎮

旅客春心斷，邊城夜望高。野樓疑海氣，白鷺似江濤。結綬疲三入，承冠泣二毛。將飛憐弱羽，欲濟乏輕舠。賴有陽春曲，窮愁且代勞。

宿温城望軍營

楊慎曰此篇與邊城落日作大意同其寫景盡胸中之悲壯用事悉軍中之容態所以爲雄
顧璘曰精緻
蔣一葵曰語語悲壯

虜地寒膠折，邊城夜柝聞。兵符關帝闕，天策動將軍。戍（一作動）靜胡笳徹，沙明楚練分。風旗翻翼影，霜劍轉龍文。白羽搖如月，青山亂若雲。烟疎疑卷被，塵滅似銷氛。投筆懷班業，臨戎想召勳。還應雪漢耻，持此報明君。

和孫長史秋日臥病

霍地疎天府，潘園近帝臺。絃調三婦至，驛置五侯來。尚想歡娛洽，吁嗟歲月催。金壇分上將，玉

落梅曲名見樂大夫挽詞

鯉遊龍門其躍而上者化為龍不能者曝腮而返

帳引瓌材。決勝鯨波靜。騰謀鳥谷開。白雲淮水外。紫陌灞陵隈。節變驚衰柳。旂繁思落梅。調神和玉燭。掞藻握珠胎。悵矣欣懷土。居然欲死灰。還因承雅曲。暫喜躍沉腮。

四月八日題七級 浮屠也

化城分鳥堞。香閣俯龍川。複棟侵黃道。重簷架紫烟。銘書非晉代。畫壁是梁年。霸界今何在。王宮尚巋然。二帝曾遊聖。三鄉是偶賢。昔茲遊聖

巋音魁

此眼前景之玄妙者

蔣一葵曰賦出塞句句工切後畧見寄意作繳

顧璘曰上句尤妙

蘭渚以下唐音正始諸本所刪

倨趣彼託良緣。我出有爲界。君登非想天。悠悠青曠裏。蕩蕩白雲前。今日經行處。曲音號盖烟。

早秋出塞寄東臺詳政學士

促駕逾三水。長驅望五原。天街分斗極。地理接樓煩。漢月明關隴。胡雲聚塞垣。山川殊物候。風壤異凉溫。戍古秋塵冷。沙寒宿霧繁。昔予迷學步。投迹忝詞源。蘭渚浮延閣。蓬山款禁園。彯纓陪紱冕。載筆偶璵璠。汲冢寧詳蠹。秦牢辨詎冤。

一朝從筵服。千里駕輕軒。鄉夢隨魂斷。邊聲入聽諠。南圖終斂翮。北上遽摧轅。弔影慚連茹。浮生倦觸藩。數奇何以託。桃李自無言。

鄭安陽入蜀

彭山折坂外。井絡少城隈。地是三巴俗。人非百里才。長途君悵望。別路我徘徊。心賞風烟隔。容華歲月催。遥遥分鳳野。去去轉龍媒。遺錦非前邑。鳴琴即舊臺。劍門千仞起。石路五丁開。海客

劒門二句殊壯

形一作魂

含蓄不露

方虛谷云字字入律工不可言

乘槎渡仙童馭竹迴形將離鶴遠思逐斷猿哀唯有雙鳧鳥飛去復飛來

在軍中贈先還知己

蓬轉俱行役瓜時獨未還魂迷金闕路望斷玉門關獻凱多慙霍論封幾謝班風塵催白首歲月損紅顏落鴈低秋塞驚鳧起暝灣胡霜如劍鍔漢月似刀環別後邊庭樹相思幾度攀

夏夜憶張二

獨一作坐

鍾情語復多感慨

憐一作令

伏枕憂思深，擁膝獨長吟。烹鯉無尺素，筌魚勞寸心。疎麻空有折，芳桂湛無斟。廣庭含夕氣，閑宇澹虛陰。纖蟲垂夜砌，驚鳥棲暝林。驩娛百年促，羈病一生侵。詎堪孤月夜，流水入鳴琴。

和李明府

傳聞葉縣履，飛向洛陽城。馳道臨層掖，津門對小平。霞殘疑製錦，雲度似飄纓。藻掞潘江徹，塵虛范甑清。詎憐衡斗氣，猶向匣中鳴。

調意淒斷收月
更入化境

分一作空

朗一作彩

望月有所思

九秋涼氣肅，千里月華開。圓光隨霧湛，碎影逐波來。似霜明玉砌，如鏡寫珠胎。曉色依關近，邊聲雜吹哀。離居分照耀，愁緒共徘徊。自繞南飛羽，空忝北堂才。

寓居洛濱對雪憶謝二

旅思聊難裁，衝飈恨易哀。曠望洛川晚，飄颻瑞雪來。積朗明書帳，流韻繞琴臺。色奪迎仙羽，花

含蘊

持曲為春邊城苦楚可思而不說苦楚何狀

避犯靈梅謝庭賞方逸袁扉掩未開高人儻有訪興盡詎須迴

西行別東臺詳政學士

意氣坐相親關河別故人客似秦川上歌疑易水濱塞荒行辨玉臺遠尚名輪溲井懷邊將尋源重漢臣上苑梅花早御溝楊柳新只應持此曲別作邊城春

春晚從李長史遊開道林故山 道林寺人

顧璘曰精彩在光樹二字此點鐵手也又曰滿樹來三字下得妙

幽壽極幽睿春望陟春臺雲光棲斷樹霞影入仙杯古藤依谷上野徑約山隈落蕋翻風去流鶯滿樹來興闌荀御動歸路起浮埃

和王記室從趙王春日遊陁山寺

鳥旟陪訪道鷲嶺洽棲眞四禪明靜業三空廣勝因祥河疎疊澗慧日皎重輪葉暗龍宮密花明鹿苑春雕談筌奥旨妙辨漱玄津雅曲終難和徒自奏巴人

悽愴之容窈眇
之思令人扼惋
湛盧劍名

夕次舊吳

維舟背楚服，振策下吳畿。盛德弘三讓，雄圖枕九圍。黃池通霸業，赤壁暢戎威。文物俄遷謝，英靈有盛衰。行歎鴟夷沒，遽惜湛盧飛。地古煙塵暗，年深館宇稀。山川四望是，人事一朝非。懸劍空留信，亡珠尚識機。鄭風遙可託，關月眇難依。西北雲逾滯，東南氣轉微。徒懷伯通隱，多謝買臣歸。惟有荒臺露，薄暮濕征衣。

過故宋

舊國千年盡。荒城四望通。雲浮非隱帝。日舉類遊童。綺琴朝化洽。祥石夜論空。馬去遙奔鄭。蛇分近帶豐。池文斂東水。竹影漏寒叢。園兔承行月。川烏避斷風。故宋城難定。從梁事未工。唯當過周客。獨愧吳臺空。

傷祝阿王明府 并序

夫心之悲矣。非關春秋之氣。聲之哀也。豈移

文勢頓挫詞法
練捷波瀾音節
自是奇妙

金石之音何則事感則萬緒興端情應則百
憂交軫是以宣尼舊館流襟動激楚之悲孟
嘗高臺承睫下聞琴之淚祝阿王明府毓德
丹穴襲吉黃裳靈基峙金闕之峯層源潄玉
輪之坂既而鴻飛漸陸將騁平輿之龍鶴鳴
在陰爰絆朝歌之驥乃當名懸闕月德貫陳
星豈徒遽切夢瓊奄沉連石嗟乎輪銷桂魄
驪珠毀貝闕之前斗散紫氛龍劍沒延平之

百里為同

水。某夙承嘉惠。曲荷恩光。留連嘯歌。從容風月。撫心陳迹。泣血漣如。然而始終者。萬物之大歸。生死者。百年之常分。雖則知理之可有。而未曉情之可無。聊綴悲歌。敢貽同好。諸君或締交三益。列宰一同。或叶契筌蹄。投心膠漆。如比肩於千里。遽傷魂於九原。既切芝焚。彌深蕙歎。盡言四始。同賦七哀。庶蘭室流薰。襲遺芳而化德。故蓬心深拙。效庸音於起予。

觸目多懷。同增流慟。

洛川眞氣上。重泉惠政融。含章光後烈。繼武嗣前雄。契與艮難驗。生涯忽易窮。翔凫猶在履。狎雉尚馴童。錢滿荒階綠。塵浮虛帳紅。夏餘將宿草。秋近未驚蓬。烟晦泉門夕。日遠夜臺空。誰堪孤隴外。獨聽白楊風。

詠懷

少年識事淺。不知交道難。一言芬若桂。四海臭

詠懷處多少相思都在此隱括內

如蘭寶劒思存楚金鎚許報韓虛心徒有託循迹諒無端太息關山險吁嗟歲月闌忘機殊會俗守拙異懷安阮籍空長嘯劉琨獨未懽十步庭芳斂三秋隴月團槐疎非盡意松晚夜凌寒悲調絃中急窮愁醉裏寬莫將流水引空向俗人彈

邊夜有懷

漢地行逾遠燕山去不窮城荒猶築怨碣毀尚

蔣一葵曰岑寂可想

銘功。古戍煙塵暗。邊庭人事空。夜關明隴月。秋塞急胡風。倚伏良難定。榮枯豈易通。旅魂勞泛梗。離恨斷征蓬。蘇武封猶薄。崔駰官不工。惟餘北叟意。欲寄南飛鴻。

久戍邊城有懷京邑

擾擾風塵地。遑遑名利途。盈虛一易舛。心迹兩難俱。弱齡小山志。寧期大丈夫。九微光貫玉。千仞忽彈珠。棘寺遊三禮。蓬山簉八儒。懷鉛慚後

曾曦曰功名難
立浩蕩生悲

懷鄉弔古愈感
愈深

進投筆願前驅北走非通趙西之似化胡錦車
朝促候刁斗夜傳呼戰士青絲絡將軍黃石符
連星入寶劍半月上雕弧拜井開疎勒鳴桴動
密須戎機習短蕪妖祲靜長榆季月炎初盡邊
庭草早枯層陰籠古木窮色變寒蕪海鶴聲嘹
唳城烏尾畢逋葭繁秋色引桂滿夕輪孤行役
風霜久鄉關夢想孤灞池遙夏國秦海望陽紆
沙塞三千里京城十二衢楊溝連鳳闕槐路擬

鴻都璧殿規宸象金堤法斗樞雲浮西北界月照東南隅寶帳垂連理銀床轉轆轤廣筵留上客豐饌引中厨漏緩金徒箭嬌繁玉女壺春濤飛騎馬秋水泛之仙艫意氣風雲合言忘道術趨共矜名已泰詎肯沫相濡有志慙彫朽無庸類散樗關山暫超忽形倦歎艱虞結網空知羨圖榮豈自誣忘情同塞馬比德類宛駒隴坂肝腸絕陽關亭障迂迷魂驚落鴈離恨斷飛鳧春去

悲恨無聊之詞
哀感動人

容華盡年來歲月無邊愁傷郢調鄉思繞吳歈河氣通中國山途限外區相思若可寄氷泮有銜蘆

幽縶書情通簡知己

昔歲逢陽曆觀光貢楚材穴疑丹鳳起場似白駒來一命淪驕餌三緘慎禍胎不言勞倚伏忽此遘邅迴驄馬刑章峻蒼鷹獄吏猜爭縑非易辯疑璧果難裁際拙慚周恙端憂滯夏臺生涯

漢陽趙壹恃才倨傲獲罪賴友救免作窮鳥賦謝之

鶉服數句對之

一滅裂岐路幾徘徊青陸芳春動黃沙旅思催圜扉長寂寂疎網尚恢恢入穽先搖尾迷津正曝腮覆盆徒望日蟄戶未驚雷霜歇蘭猶敗風多木屢摧地幽蠶室閉門靜雀羅開自憫秦冤痛誰憐楚奏哀漢陽窮鳥客梁甫臥龍材有氣還沖斗無時會鑿坏莫言韓長孺長作不燃灰

寒夜獨坐遊子多懷簡知己

故鄉眇千里離憂積萬端鶉服長悲碎蝸廬未

绝佳者
蘭知己故曰伐
木遊子故曰維
桑

卜安富鈎徒有想貧鋏為誰彈柳秋風葉脆荷
晚露文團亂金分岸菊餘佩下幽蘭伐木傷心
易維桑歸土難獨有孤明光時照客庭寒

敘寄員半千

薄宦三河道自負十餘年不應驚若厲秪為直
如弦坐歷山川險吁嗟陵谷遷長吟空抱膝短
翮詎冲天魂歸滄海上望斷白雲前釣名勞拾
紫隱迹自談玄不學多能聖徒思鴻寶仙斯志

合一作押

顧璘曰說景既好下字更不凡

艮難巳。此道豈徒然。嗟爲刀筆吏。耻從繩墨牽。岐路情難合。人倫地本偏。長揖謝時事。獨往訪林泉。寄言二三子。生死不來旋。

棹歌行

寫月圖黃罷。凌波拾翠通。鏡花搖芰日。衣麝入荷風。葉露舟難蕩。蓮疏浦易空。鳳媒羞自託。鴛翼恨難窮。秋帳燈光翠。倡樓粉色紅。相思無別曲。併在棹歌中。

高棅曰寫出閒情何等淒楚野逸宛然

海曲書情

薄遊倦千里，勞生負百年。未能查上漢，詎肯劒遊燕。白雲照春海，青山横曙天。江濤讓雙璧，渭水擲三錢。坐惜風光滿，長歌獨塊然。

冬日野望

故人無與晤，安步陟山椒。野靜連雲捲，川明斷霧銷。靈巖聞曉籟，洞浦漲秋潮。三江歸望斷，千里故鄉遙。勞歌徒自奏，客魂誰爲招。

劉辰翁曰絶句雖作要一句一絶短語長事愈讀愈有味為正

胡應麟曰王無功眼看人盡醉何忍獨爲醒與賓王此作初唐絶句就是六朝餘習

五言絶句

始自漢魏樂府如白頭吟出塞曲皆其體也六代述作漸繁入唐尤盛

在軍登城樓

城上風威冷。江中水氣寒。戎衣何日定。歌舞入長安。

於易水送人一絶

此地別燕丹。壯髮上衝冠。昔時人已沒。今日水猶寒。

蔣一葵曰並不說自家如此已足

詠照鏡

韻致悽惋，是自寫照。

此自喻而亦其識也。

寫月無芳桂，照日（一作動）有花菱。不特光謝水，翻將影學冰。

挑燈杖

稟質非貪熱，焦心豈憚熬。終知不自潤，何處用脂膏。

詠塵

凌波起羅襪，含風染素衣。別有知音調，聞歌應自飛。

翫初月

忌滿光恒缺。乘昏影漸流。自能明似鏡。何用曲如鈎。

詠鵞雜言時年七歲

鵞、鵞、鵞。曲項向天歌。白毛浮綠水。紅掌撥清波。

顧璘曰乘昏影漸流比上句多少用心

向天歌句便奇

唐駱先生集卷四目錄

七言古詩

七言絕句

憶蜀地佳人

七言始起咸云柏梁然歌謠等作出自古也聲長字縱易以成文故蘊氣調詞與五言畧異

王世貞曰七言歌行長篇須讓盧駱怪俗極于月蝕卑冗極于津陽俱不足法也

唐駱先生集卷四

七言古詩

豔情代郭氏答盧照隣

迢迢芊路望芝田。眇眇函關恨蜀川。歸雲已落涪江外。還鴈應過洛水瀍。洛水傍連帝城側。帝宅層甍垂鳳翼。銅駝路上柳千條。金谷園中花幾色。柳葉園花處處新。洛陽桃李應芳春。妾向雙流窺石鏡。君住三川守玉人。此時離別那堪

驥子馬名魚文藏箭器

提一作持

道此日空床對芳沼。芳沼徒游比目魚。幽徑還
生拔心草。流風迴雪舞嬋娟。驥子魚文實可憐。
擲果河陽君有分。貨酒成都妾亦然。莫言貧賤
無人重。莫言富貴應須種。綠珠猶得石崇憐。飛
燕曾經漢皇寵。良人何處醉縱橫。直如循默守
空名。倒提新縑成慊慊。翻將故劍作平平。離前
吉夢成蘭兆。別後啼痕上竹生。別日分明相約
束。已取宜家成誠勗。當時擬弄掌中珠。豈謂先

淺語出真情自好

糺音久淼音渺

摧庭際玉悲鳴五里無人問腸斷三聲誰爲續
思君欲坐望夫臺端居懶聽將雛曲沉沉落日
向山低簷前歸燕並頭棲抱膝當窓瞻夕兎側
耳空房聽曉雞舞蝶臨階秪自舞啼鳥逢人亦
助啼獨坐傷孤枕春來悲更甚峨眉山上月如
眉濯錦江中霞似錦錦字迴文欲贈君劒壁層
峯自糺紛平江淼淼分青浦長路悠悠間白雲
也知京洛多佳麗也知山岫遥虧蔽無那短封

石城有女子名莫愁善歌

起便掉弄長調筆趣可喜一篇中五六轉轉轉奇快

郎疎索不在長情守期契傳聞織女對牽牛相望銀河隔淺流誰分迢迢經兩歲誰能脉脉待三秋情知唾井終無理情知覆水也難收不復下山能借問更向盧家字莫愁

代女道士王靈妃贈道士

玄都五府風塵絕碧海三山波浪深桃實千年非易待桑田一變已難尋別有仙居對三市金闕銀宮相向起臺前鏡裏伴仙娥樓上簫聲隨

慎曰王右丞花惹莫春來長吉古竹花稍惹碧雲孫光憲六宮眉黛惹春愁駱賓王輕花委砌惹裙香用惹字皆絕妙

鳳史。鳳樓迢遞絕塵埃。鸎時物色正徘徊。靈芝紫檢參差長。仙桂丹花重疊開。雙童綽約時遊陟三鳥聯翩報消息。盡言眞侶出遨遊。傳道風光無限極。輕花委砌惹裙香。殘月窺窻覘幌色。箇時無數併妖嬈。箇裏無窮總可憐。別有衆中稱黜帝天上人間少流例。洛濱仙駕啓遙源。淮浦靈津符遠筮。自言少小慕幽玄。只言容易得神仙。佩中邀勒經時序。簫裏尋思復幾年。尋思

妙績

許事眞情變。二八容華識少選。漫道燒丹止七
飛。空傳化石曾三轉。寄語天上弄機人。寄語河
邊值查客。乍可忽忽共百年。誰使遙遙期七夕。
想知人意自相尋。更得深心共一心。一心一意
無窮已。投漆投膠非足擬。只將羞澁當風流持
此相憐保終始。相憐相愛倍相親。一生一代一
雙人。不投丹心比玄石。誰將濁水況清塵。只言
柱下留期信。好欲將心學松蘚。不能京兆畫娥

以敘景而情在其中

眉。翻向成都騁騶引青牛紫氣度靈關尺。素賴

鱗去不還連苔上砌無窮綠脩竹臨壇幾處斑。

箇時空床難獨守。此日別離那可久。梅花如雪

柳如絲。年去年來不自持。初言別在寒偏在何

悟春來春更思。春時物色無端緒。雙枕孤眠誰

分許。忿念嬌鶯一種啼。生憎燕子千般語。朝雲

旭日照青樓。遲暉麗色滿皇州。落花泛泛浮靈

沼。垂柳長長拂御溝。御溝大道多奇賞。俠客妖

王世貞曰唐名
酒有竹葉春
琴一作簫

容遞來往寶騎車花鐵作錢香輪鶩水珠爲網
香輪寶騎競繁華可憐今夜宿倡家鸚鵡杯中
浮竹葉鳳凰琴裏落梅花許輩多情偏送款爲
問春花幾時滿千回鳥信說衆諸百過鶯啼說
長短長短衆諸判不尋千回百過浪關心何曾
舉意西鄰玉未肯留情南陌金南陌西鄰咸自
保還轡歸期須及早爲想三春狹斜路莫辭九
折邛關道假令白里似長安枉使青牛學劍端

李攀龍曰唐都城即秦漢故都故引用皆秦漢舊照
高棅曰歌行長篇唐初獨賓王

蘋風入馭來應易。竹杖成龍去不難。龍駿去去無消息。鸞鏡朝朝減容色。君心不記下山人。妾欲空期上林翼。上林三月鴻欲稀。華表千年鶴未歸。不分淹留桑路待。祇應直取挂輪飛。

上吏部侍郎帝京篇 并啓

昨引注日。垂索鄙文。拜手驚魂。承恩累息。楚翬丹質。在荆南以多慚。遼豕白頭。望河東而載恧。某散材易朽。蟠木難容。雖少好讀書。無

有帝京嚀皆二作文極富麗至盛唐絕少元和後元白始相尚此製

謝高鳳而老不曉事有類楊雄徒以易象六爻幽贊適乎政本詩人五際比興在乎國風故體物成章必寫情于小雅登高能賦豈圖榮于大夫蓋欲樂道遺榮從心所好非敢希聲刻鵠竊譽雕蟲至若質醜行以自媒衒庸音于苟進固立身之岐路行巳之外篇矣君矦蘊明略以佐時虛靈臺以照物觀梁父之曲識臥龍于孔明聽康衢之歌得飯牛于甯

王世貞曰賓王長篇雖極浮靡亦有微瑕而綴錦貫珠滔滔洪遠故是千秋絕藝

戚是用異人翹首俊乂歸誠猥以疵賤之姿謬奉清通之盻雖仲由之瑟終闕響於丘門而宋玉之謠倘均音於郢路敢忘下里輕冒上呈庶道叶起予陳卜商之四始恐吾幾失子效然明於一言拜手增慙憂心如醉謹啓

山河千里國城闕九重門不覩皇居壯安知天子尊皇居帝里崤函谷鶉野龍山侯甸服五緯連影集星纏八水分流橫地軸秦塞重關一百

李攀龍曰賓王好以數對此篇尤多人號為筭博士

王衡曰此篇闘艷爭奇能寫已之熱腸又能傳已之高致歐如晉人清談幽思冷韻言外有言

以上賦長安山之勝宮殿之

二漢家離宮三十六桂殿陰岑對玉樓椒房窈窕連金屋三條九陌麗成隈萬戶千門平旦開複道斜通鳷鵲觀交衢直指鳳凰臺劍履南宮入簪纓北闕來聲名冠寰宇文物象昭回鉤陳肅蘭所碧沼浮槐市銅羽應風迴金莖承露起校文天祿閣習戰昆明水朱邸抗平臺黃扉通戚里平臺戚里帶崇墉炊金饌玉待鳴鐘小堂綺帳三千疊大道青樓十二重寶蓋彫鞍金絡

楊慎曰趙李事欵脊當時大俠以上賦長安第宅之華貴游之多

馬蘭窻繡戶玉盤龍綺柱璇題粉壁映鏘金鳴玉王侯盛王侯貴人多近臣朝遊北里暮南鄰陸賈分金將燕喜陳遵投轄每留賓趙李經過客蕭朱交結綬丹鳳朱城白日暮青牛紺幰紅塵度俠客珠彈垂楊道倡婦銀鉤采桑路倡家桃李自芳菲京華遊俠盛輕肥延年女弟雙飛入羅敷使君千騎歸同心結縷帶連理織成衣春朝桂樽樽百味秋夜蘭燈燈九微翠幌珠簾

以上賦長安倡
使之侈靡人不
知其非也

此段言貴盛不
之恃

不獨映清歌寶瑟自相依且論三萬六千是寧
知四十九年非古來名利若浮雲人生倚伏信
難分始見田竇相移奪俄聞衛霍樹功勳未厭
金陵氣先開石槨文朱門無復張公子灞陵誰
畏李將軍相傾百齡皆有待居然萬化咸應改
桂枝芳氣已銷亡栢梁高宴今何在春去春來
若自馳爭名爭利徒爾爲久留郎署今何在空
掃相門誰見知莫矜一日擅繁華自言千載長

此段言交情不足托

以下自寫

驕奢倏忽摶風生羽翼須臾失浪委泥沙黃雀
徒巢桂青門遂種瓜黃金銷鑠素絲變一貴一
賤交情見紅顏宿昔白頭新脫粟布衣輕故人
故人有堙淪新知無意氣灰死韓安國羅傷翟
廷尉已矣哉歸去來馬卿辭蜀多文藻楊雄仕
漢乏良媒三冬自矜成足用十年不調幾邅回
汲黯薪逾積孫弘閣未開誰惜長沙傅獨負洛
陽才

義烏以忠諫獲罪羈縶無聊廼至于此誠可憐矣其退敬業舉義聞非乘時徼利不知商山可樂者然此以疇昔名篇叙述詳委固可見其履歷心迹之大節而全身遠害之智亦可槩見不獨爲詞人文士已也

疇昔篇

少年重英俠。弱歲賤衣冠。既託寰中賞。方承膝下歡。遨遊灞陵曲。風月洛城端。且知無玉饌。誰肯逐金丸。金丸玉饌盛繁華。自言輕侮季倫家。九陌爭馳千里馬。三條競鶩七香車。掩映飛軒承落照。參差步障列朝霞。池中舊水疑懸鏡。屋裏新粧不讓花。意氣風雲倐如昨。歲月春秋屢迴薄。上苑頻經柳絮飛。中園幾番梅花落。當時

今一作應

門客今何在。疇昔交遊已疎索。莫言憔悴損容儀。會得高秋雲霧廓。淹留坐帝鄉。無事積炎涼。一朝披短褐。六載奉長廊。賦文慙昔馬。執戟慕前揚。揮戈出武帳。荷筆入文昌。文昌隱隱皇城裏。由來奕奕多才子。潘陸詞鋒駱驛飛。張曹翰苑縱横起。卿相未曾識。王侯寧見擬。徒勞倦負薪。何處逢知己。判將運命賦窮通。從來奇舛任西東。不分永棄同芻狗。且復飄颻任轉蓬。客鬢

凡一作見

年年異春花歲歲同榮親未盡禮狥主欲申功
脂車秣馬辭鄉國縈轡西南吏邛僰玉壘銅梁
不易攀地角天涯渺難測鶯囀蟬吟有悲望鴻
來鴈度無音息陽關積霧萬里昏劒閣連山千
里色蜀路何悠悠岷峰阻且脩迴腸隨九折迸
淚忽雙流寒光千里暮露氣二江秋長途看束
馬平水且沉牛華陽舊地標神制石鏡娥眉眞
秀麗諸葛才雄巳號龍公孫躍馬猶稱帝五丁

富一作用

卓犖多奇力。四士英靈富文藝。雲氣橫開八陣形。橋影遙分七星勢。川平烟霧開。遊戲錦城隈。墉高龜望出。水淨鴈文迴。尋姝入酒肆。訪客上琴臺。不識金貂重。偏惜玉山頹。他鄉苒苒消年月。帝里沈沈限城闕。不見猿聲助客啼。唯聞旅思將花發。我家迢遞關山裏。關山迢迢不可越。故園梅柳尚餘條。春來勿使芳菲歇。解袂欲言歸。執袂愴多違。北梁俱握手。南浦共沾衣。別情

芸一作苗

霧一作浪

傷去蓋離念惜光輝清音何所托木葉有南飛
飛鳥轉南陸春來酒應熟相將芸閣望青溪且
用藤盃泛之黃菊十年不調爲貧賤百日屢遷隨
倚伏祇爲須求負郭田使我再干州郡祿百年
鬱鬱少騰遷萬里迢迢入鏡川吳江沸潮衝白
霧淮海長波接遠天叢竹含朝露孤山起瞑烟
賴有邊城月長伴客旌懸東南美箭稱吳會名
都隱軫三江外塗山執玉應昌期曲水開襟重

文會仙鏑流音鳴鶴嶺寶劒分輝若蛟瀨未看白馬對蘆蕩且覺浮雲似車蓋江南節序多文酒屢經過共踏春江曲俱唱采菱歌舟移疑入鏡棹舉若乘波風光無限極歸棹礙池荷馳聽烟霞正流盻即從王事歸艫轉芝田花發屢徘徊金谷春明重遊衍登高南適嗤梁叟憑軾西征想潘掾峯開華岳聳疑蓮水激龍門急如箭人事謝光陰俄遭霜露侵偷存七尺影分沒九

泉深。窮途行泣玉。憤路未藏金。茹荼徒有歎。懷
橋獨傷心。年來歲去成銷鑠。懷抱心期漸寥落。
掛冠裂冕已辭榮。南畆東臯事畊鑿。賓階客院
常疎散。蓬徑茅齋終寂寞。自有林泉堪隱棲。何
必山中事丘壑。我住青門外。家臨素滻濱。遥瞻
丹鳳闕。斜望黑龍津。荒衢通獵騎。窮巷抵樵輪。
時有桃源客。來訪竹林人。昨夜琴聲奏悲調。旭
旦含嚬不成笑。果乘驄馬發囂書。復道郎官稟

悽語句令人黯
慟欲絶

綸誥。冶長非罪曾縲絏。長孺然灰也經溺。高門有閤不曾封。峻筆無聞欲敷妙。適離京兆謗。還從御府彈。炎威資夏景。平曲況秋翰。畫地終難入。書空不自安。吹毛未可待。搖尾且求餐。丈夫坎壈多愁疾。契闊迍邅盡今日。慎罰寧憑兩造辭。嚴科直掛三章律。鄒陽含悲繫梁獄。李斯抱怨拘秦格。不應白髮頓成絲。直爲黃沙暗如漆。紫禁終難叫。朱門不易排。驚魂聞葉落。危魄逐

不見此景安得此語

輪埋霜威遥有厲雪衽更無階含寃欲誰道飲
氣獨居懷忽聞驛使發關東傳道天被萬里通
涸轍去鱗終逝海幽禽釋網便翔空舜澤堯曦
方有極讒言巧佞尚無窮誰能跼蹐依三輔會
就商山訪四翁

行軍軍中行路難

君不見封狐雄虺自成羣馮深負固結妖氛玉
璽分兵徵惡少金壇授律動將軍將軍擁旄宣

廟畧。戰士橫戈靜夷落。長驅一息背銅梁。直指
三危登劍閣。閣道迢遥起戍樓。劍門遥裔俯靈
丘。邛關九折無平路。江水雙源有急流。征役無
期返。他鄉歲月晚。杳杳丘陵出。蒼蒼林薄遠。途
危紫蓋峯。路澁青泥坂。去去指危牢。行行入不
毛。絕壁千里險。連山四望高。中外分區宇。夷夏
殊風土。交趾枕南荒。昆彌臨北戶。川源饒毒霧。
溪谷多淫雨。行潦四時流。崩崖千歲古。漂梗飛

駃與快同

烟一作風

一新一故猶得淒楚

蓬不暫安。藤引葛陟危巒。昔時聞道從軍樂。今日方知行路難。滄江綠水東流駃。炎州丹徼南中地。南中南斗映星河。秦關秦塞阻烟波。三春邊地風光少。五月瀘中瘴癘多。朝驅疲斥堠。夕息倦樵歌。向月彎繁弱。連星轉太阿。重義輕生懷一顧。東征西伐凡幾度。夜夜朝朝斑鬢新。年年歲歲戎衣故。故人霸城隅。遊子滇池水。天涯望轉遙。地際行無已。復覺炎涼節。忽復離寒

牢騷忼慨政不減攀楊擊唾壺一流人

暑物華非不知關山千萬里棄置勿重陳征行多苦辛且悅清笳梅柳曲詎意芳園桃李人絳節紅旗分白羽丹心白刃酧明主但令一被君王知誰憚三邊征戰苦行路難幾千端無復歸雲憑短翰空餘望日想長安

行路難

君不見玉關塵色暗邊庭銅鞮雜虜寇長城天子按劒徵餘勇將軍受脈事橫行七德龍韜開

傾瀉由悲感之
言轉覺律嚴

玉帳千里鼉鼓疊金鉦陰山苦霧埋高壘交河
孤月照連營連營去去無窮極擁旆遙遙過絕
國陣雲朝結晦天山寒沙夕漲迷疏勒龍鱗水
上開魚貫馬首山前振鵰翼長驅萬里讋祁連
分麾三命武功宣百發烏號遙碎柳七尺龍文
迥照蓮春來秋去移灰琯蘭閨柳市芳塵斷鴈
門迢遞尺書稀鴛被相思雙帶緩行路難誓令
氛祲靜皐蘭但使封侯龍頟貴詎隨中婦鳳樓

寒

七言絕句

憶蜀地佳人

東吳西蜀關山遠魚來鴈去兩難聞莫怪嘗有千行淚只爲巫山一片雲

唐駱先生集卷五目錄

上齊州張司馬啓

啓類

上廉使啓

上瑕丘韋明府啓

上郭贊府啓

上梁明府啓

上吏部裴侍郎書

與程將軍書

駢偶工緻識學洞宏真四六之鼻祖也

蔣一葵曰表詞鍊得春容露布語則曰四神踐雪五老飛星自是精悍用騄用

唐駱先生集卷五

表啓類

爲齊州父老請封禪表

臣聞元天列象紫宮通北極之尊大帝凝圖玄猷暢東巡之禮是知道隆光宅既輯玉于雲臺業紹禋宗必塗金于日觀陛下乘乾握紀纂三統之重光御辯登樞應千齡之累聖故得河浮五老啓赤文于帝期海薦四神奉丹書于王會

繫無斷不可
靈茅有三脊堯
時瑞草

縱音蹤

蔣一葵曰ㄴ麗真切太白爭色矣

又曰句〻是齊州父老

瑞開三脊祥合五雲既而緝總章之舊文紹辟
雍之故事非烟翼馭移玉輦于梁陰若月乘輪
祕金繩于岱巘臣等職均芻狗陰謝桑榆幸屬
堯鏡多輝照餘光于連石軒圖廣耀追盛禮于
縱金然而鄒魯舊邦臨淄遺俗俱沐二周之化
咸稱一變之風境接青嶹俯識獲麟之野山開
翠屺斜連辨馬之峯豈可使稷山遺氓頓隔封
禪之禮淹中故老獨奉告成之儀是用就日披

陳𡎴曰夢瓊就木照父老字生來

氣韻鮮麗更注雅雄整

丹。仰壁輪而三舍。望雲抒素。叫天闕于九重。倘允微誠。許陪大禮。則夢瓊餘息。仰仙闕以相懽。就木殘魂。遊岱宗而載躍。

和道士閨情詩啓

某啓。學士袁慶奉宣教旨。垂示閨情詩并序。跪發珠韜。伏膺玉札。類西秦之鏡。照徹心靈。同南指之車。導發迷惧。竊惟詩之興作。肇基邃古。唐歌虞詠。始載典謨。商頌周雅。方陳金石。其後言

張衡有桂林賦
伯喈有翠鳥賦

志緣情二京斯甚含毫瀝思魏晉彌繁布在緗簡差可商略李都尉鴛鴦之辭纏綿巧妙班婕好霜雪之句發越清迴平子桂林理在文外伯喈翠鳥意盡行間河朔詞人王劉爲稱首洛陽才子潘左爲先覺若乃子建之牢籠群彥士衡之籍甚當時並文苑之羽儀詩人之龜鑑爰逮江左謳謠不輟非有神骨仙才專事玄風道意顔謝特挺戕伐與麗自兹以降聲律稍精其間

嬌艷之極

沿敗莫能正本天縱明睿卓爾不羣聽新聲鄙師涓之作聞古樂笑文侯之睡以封魯之才追自衛之迹固弘玆雅奏抑彼淫哇澄五際之源救四始之弊可以用之邦國厚此人倫俯屈高調聊同下里文隨手變韓娥慚其曼聲思沿態巧延平愧其新曲走以不敏謬蒙提及謹申奉和輕以上呈未近詠歌伏深悚恧

上司刑太常伯啓

李廷機曰寫王〻妙才有声唐世諸所上啓四六甚工半為世人未吐之詞葛曦曰首叙所以伸于知己之意儀天以下致称頌語一頌其基派不凡次頌其才学高邁三頌其壽位顯崇四頌其識廣宏五頌其荐舉無私六頌其盧懷禮善

側聞曾澤祥麟希委質于宣父吳坂逸驥實長鳴于孫陽（即伯樂）是則所貴在乎見知所屈伸乎知己（一篇在此二句作主）故雕其樸嶧山有半死之桐賞其音柯亭無未枯之竹伏惟常伯公儀天聳搆橫九霄而拓基浸地開源控四紀而疎派自赤文薦祉曲阜分帝子之靈紫氣浮仙函谷誕真人之秀本支百代君子萬年道叶神交黃石授帝師之畧德由天縱白星降王輔之精峯秀學山列三墳而仰

陳仁錫曰隨風、
珠玉

止瀾清筆海委九流以朝宗登小魯之巖辨練光于曳馬臨大吳之國識寶氣于遠牛垂秋實于談叢綺春花于詞苑辨河飛箭激牛翻白馬之津文江散珠圓波漱驪龍之穴是用德茂麟趾俯桐葉以分珪道煥鶴池映桃花而曳綬既而揆留皇鑒忠簡帝心奉職春宮爍離光于青殿代工天府明台燿于紫宸綜理玄風燮調元氣舍暉禮閣皎愛日以流光毓彩文昌映德星

魯曦曰此奪其舉才無私為下文荐巳張本水鏡一聯贊其公而明字眼安頓得好

陳仁錫曰能竊其祠不能竊其理與色

魯曦曰此下自敘未有真其荐拔之意

而開照若乃識度宏遠器宇疏通明允篤誠盛業隆于厚土惠和忠肅玄功格于上天則伊陟謝其緝熙巫咸慚其保乂舉材應器與士無私水鏡澄花炫金波于靈府冰壺徹鑒朗玉燭于神機則鄧攸莫際其瀾盧毓罕窺其術故使妍媸各安其分輕重不失其權五教克敷百揆時敘折衝千里曾連談笑之功師表一時郭泰人倫之度加以分庭讓士虛席禮賢片善經心揖

桑一作繩

仲宣于蔡席一言合道挨然明於鄭階某蓬廬布衣桑樞韋帶自弱齡植操不謝聲名中年誓心不期聞達上則執鞭爲士王庭希于祿之榮次則捧檄入官私室庶代耕之祿然而忠不聞于十室學無專於一經退異善藏進殊巧宦搏羊角而高翥浩若無津附驥尾以上馳邈焉難托實欲投竿垂餌晦幽質于渭濱抱甕灌園絕機心于漢渚幸屬乾坤貞觀烏兔光華嵩山動

此後望其頋盻有希恩尚報意用意懐憒而下語亦極清新

佳聯

驥一作鹿

萬歲之聲德水應千年之色雖無爲光宅欣預
比屋之封而有道賤貧耻作歸田之賦于是竭
來瓮牖利見君門指帝鄉以望雲赴長安而就
日美芹之願徒有獻于至尊蟠木之姿誰爲容
于左右明公决幾成務論道經邦一顧之隆駘
足逾于仙驥片言之重魚目軼于靈蛇庶望顧
免維箕動薰風于舜海從龍潤礎霈甘澤于堯
雲則膾餘之魚希振鱗于吳水膳後之豕翻化

一八二

一作其世澄之
長懷一作其風
度之高峻
光一作符

龜于魯津拜伏階墀增懼氷谷。

上李少常啓

竊唯陰陽作炭化一氣以陶甄天地爲爐混萬物爲芻狗然則壁輪均照式流景于萊城玉燭平分獨翔寒於黍谷是汙隆迭襲榮悴相乘得氣者繁滋失時者零落伏以君侯疏乾激派龍門開竹箭之波鎮地横基嵩翅峙蓮花之嶺曜重輝于若月顯疊彩于非烟至若瑞動赤光著

斯人安可得耶

元勳於東漢烽驚紫塞宣武功于北征奕葉龍光聯蟬龜組德攸天縱白星降王輔之精道叶神交黃石授帝師之畧故得三千運北擊舜海以遊鱗九萬圖南望堯雲而矯翰折衝千里曾連談笑之功師表一時郭泰人倫之度于是九重銜紱懸星影于宸維四達埋輪振霜威于權右加以分庭讓士虛席禮賢片善必甄挹虞翻于東箭一言可紀許頌榮以南金某蟠木朽株

言不忍自棄將
應時而出大有
風雲之思然滿
腔憤恨又不無
待揚于人者

散樗賤質墻面難用灰心易寒退無毛薛之交
進乏金張之援塊然獨居十載于茲矣然而日
夜遷代歎溝壑之非遥貧病交侵思薜蘿而可
託欲乘幽控寂進綺季于青山樂道棲眞從曾
連于滄海幸屬舜門廣闢漢幣交馳遂得佇嘯
高丘應箕文而動韻聆音大野浮良岫以流陰
將恐在藻纖鱗終寡登龍之望棲榆弱羽徒仰
搏鵬之高所冀曲逮恩光賁餘潤于東里襲承

李玉机曰賞王上兗州啟彫琢工絕為諸啟之冠

陳繼儒曰清新秀麗

導引託輕夢于南柯撫巳多慚徇躬增懼

上兗州啓

側聞未遇孫陽鹽車無絕塵之迹時逢和氏荆山有連城之珍豈若聽清音于爨餘則枯桐發響收夜光于玄璧則怪石騰輝在物猶然況于含識者矣伏唯明使君鳳穴振儀龍門標峻瓊雕岳立表秀干雲霞煥霜霏澄虛鑒物既而代工天府忠簡帝心擁熊軾而撫百城建隼旟而

陳仁錫曰妙語可勒彝官

何大復曰賓王嚴霜秋降之句不如改降為殺蓋殺与濡皆活

臨千里坐棠敷惠恩纏去思剖竹垂仁式歌來暮清凝夜燭化警晨烏外勗九農內弘五教道之以禮樂齊之以刑書約法遵寬設蒲鞭之耻立言唯信控竹馬之期甘雨隨車雲低輕重之蓋珠還合浦波含遠近之星至如臥理稱難坐嘯匪易披裳問疾垂愛景以字人褰帷廣聰穆薰風而扇物嚴霜秋降叶隼擊而防小人零露春濡餝羔旌而禮君子於是仁必有勇吏不忍

字故也

綷音醉

楊消窗曰此叙其胸中之宏富文江學海二聯奇艷驚人又曰此頌其祀士之隆取善之想

歟。美譽鬱于三齊。芳聲騰于萬古。若乃清規遠鏡。皎月色于靈臺。玄覽凝氷。穆松風于智府。研幾十簇。探賾九流。縟翠萼於詞林。綷仙花于筆苑。文江翻浪。織玉瀲以韜霞。學海驚瀾。綴珠鱗于濯錦。加以懸榻待士。擁篲禮賢。汲引忘疲。獎題不倦。懷經味道之客。望範圍而駿奔。兼包流畧之夫。窺義園以遐集。求小善于毫芥。頤正禮于二龍。振幽滯于沙泥。許公明以一驥。某淹中

此下自叙
陳仁錫曰深愁花鳥之筆
葛曦曰賓王輕自卑賤至有希餘拂塱激霤等語故為有道者所不錄

故俗體朴厚之弘規稷下遺風陶禮義之餘化頗遊簡素少閱縑緗每蟋蟀凄吟映素螢于書帳莎雞振羽截碧蒲于翰池既而學異懷蛟才非夢鳥價不齊于南漢芳不重于東山幸屬日月光華雲霞紛郁方結羨魚之綱將謠扣角之詞奮短翮于搶榆希高標之餘拂濯纖鱗于涓滴望鴻浪之微霑所冀顧眄曲流剪拂增價則鉛刀起一割之用跛鱉致千里之行是知竊混

對偶精奇造語的確居然四六之勝

蹀疾也

吹于齊竽。濫飛聲于郢路。抱山雞而自恧顧遼豕以多慙。輕觸威嚴。不遑流汗。

上兗州崔長史啓

側聞豐城戢耀。駭電之輝俄剖。沙丘蹝迹。躡雲之轡載馳。然則激湍侵星。佩潛蛟于壯武。騰鑣歷塊。騁蹀駿于咸陽。且煦轍疲鱗。側羡鰲潭之躍。觸籠短翼。肩望鵬程之飛。是以齊郊夕唱。牛歌掞白石之詞。漢境朝趨。車候驚拂塵之思。伏

秀一作吾

潘岳為河陽令
栽花滿縣

唯公騰瀾洛景濬靈派以含珠擢幹梢雲翊孤
巖而聳桂祟基疊秀匡霸道于周盟茂緒聯輝
賛文場于漢戚偉龍章之秀質騰孔雀之俊年
叶鳳彩于英姿辨蟾精于弱歲靈臺弘遠馳霄
練于霜鐔丹府幽深絢朝虹于壁渚心波湛漢
泳曜魄于黃陂情岳于天韜風雲于稽巘龍津
共濟兢欣登御之車燕室欽賢必擁澄清之轡
鬱文條而燿彩藻逸潘花肆詞峯而銜價光浮

稽康

楊修

衛瓘美姿時称玉人

斜一作環

衛玉然則崑溪既琢必見山川之精樹羽已懸行嗣雲韶之響是以左龜陰而徭化務肅百城輔麟壤以宣風恩覃千里徽猷克著逾盛德于休徵聲績聿宣軼英規于恭祖佩呂刀而紹美巳贊褰帷之遊屈龐驥而未伸將騁仁風之駕加以側階引彥鑒鬷子之遺言倒屣延賓辨王生之雅量故使員流之下探照乘于長波高岫之巔剖連城于幽石某斗筲小器蟭蚑末才斜

對語句〻天然工巧

帶嶧桐。戢晞陽之厚德。傍隣汶篠。慕貫時之貞勁。直以容膝一丘。曲阜之瓢遽切。枕肱五畝。成都之壁已窮。擔石厭于糟糠。負薪疲於短褐。然而少奉過庭之訓。長趨克己之方。弋志書林。咀風騷于七略。耘情藝圃。偃圖籍于九流。灑惠渥于羊肱。屢泛文通之麥。峻曲岸于鶯谷。時遺公叔之冠。雖不能縱逸韻于霜皐。唳野致九天之響。而頗亦蓄清芬于露薄。垂薰有十步之芳。而

簉音蒭去声

麐一作鳴

乃憩迹魯鴻非荊山之抵鵲簉名韓犬嘆稽阜
之陞梁方今玉琯纏秋金風動籟吳宮歸乙望
陰岫以依遲素林返鴈候陽潮而低舉籞金咮
道之子俟纁帛以彈冠屑玉含毫之人望弓旌
而翹足竊不揆于庸識輒輕擬于揚庭所冀曲
逮恩波特流咳唾儻能分其斗水濟濡沫之枯
魚惠以餘光照孀棲之寒女得使伏櫪駑蹇希
騏驥而躡足竄棘翮鎩排鴛鸞而刷羽則捐軀

此啟清思灑灑于對仗之中却有一段飄逸處寫出意緒翩翩然

匪吝碎首無辭雖復投報楊金君子以之貽戒
效誠魏草小人之所懷恩輕瀆威嚴深懼履尾
載塵聽覽迫甚抱氷

上齊州張司馬啓

昔者薛邑聞歌揖馮驩于彈鋏夷門命駕顧侯
嬴于抱關何則志合風雲戴笠均乎乘馬情諧
道術忘筌貴乎得魚是以挹蘭言于斷金交蓬
心于匪石庶清音默聽賞流水于牙絃妙思通

每借古人之同姓者以比其人不可校舉蓋唐重世族故也葛曦曰此四句直叙先代輔唐之功曰秦圖者以太宗初封秦王也

神叶成風于郢匠伏唯公流源白水浸地軸以
輪波纂慶黃軒感星精而誕命綴珠華于七曜
聯玉葉于五雲至夫神石摛祥靈鈎表貺千年（張良）
馭鶴振仙駕于帝鄉七葉（張安世）珥貂襲榮光于戚里
因以紛綸國牒昭晰家聲洎乎鹿走周原輔秦
圖而興霸蛇分沛澤翼唐運以開基常山王（張耳）之
玉潤金聲博望侯（張騫）之蘭薰桂馥羽儀百代掩梁（梁冀）
竇（竇固）以遐騫鍾鼎一時駕袁楊（安震）而岳立故得重規

三鋒謂文士之筆端武士之鋒端辨士之舌端

遠鏡湛月路以流清茂祉遐舒架雲門而擢秀公英飛鳳穴藻五色以凝華穎躍龍泉涵九重而毓潤風情疎朗霜明月湛之姿氣骨端嚴雪白氷清之槩若乃性符神授道擅生知挫三端于情鋒朝九流于學海博聞强記辯晉國之黃熊將聖多能識吳門之白馬言泉漱迴驚瀑布以飛瀾文江澹淸含濯錦而翻浪鬱槐市以增茂穆蘭室以流芳於是翔鱣應符觀光上國飛

潛一作濳

東箭南金複出

龍成卦。利見大人。搏羊角以垂天。展驥足而騰
景。翼貳潛邸。紹敬祖之清廉。光賛外臺。陳君回
之亮直。推公平而折獄。磔鼠謝其嚴明。擁端慤
以行仁化。蛇慚其智勇。加以清規日舉。湛虛照
于氷壺。玄覽露凝。朗機心于水鏡。謙光自牧。恭
已愛人。片善必甄。揖虞翻于東箭。一言可紀。許
顧榮以南金。某疾抱支離。材均擁腫。進不能渥
蘭分竹綰銀黃于雲臺。退不能絕粒茹芝練金

唐順之曰雖大經云豈能常守山林長覩簑笠但居市朝軒冕時要使山林之念不忘乃為勝耳賓王此啟始云處幽棲寂追夏黄于商山又云不意浮雲礎潤露落鍾鳴即山林且非其願要望其市朝而

丹于地脉而出没風塵之内漂淪名利之間遊無毛薛之交仕乏金張之援塊然獨處者一紀於兹矣然而日夜相代恐溝壑之非遥貧病交侵思薜蘿之可托願處幽捿寂追夏黄于商山樂道棲眞從魯連于滄海豈圖語默易爽心迹難違從橋之恨逾深攀桂之情徒切是用絶心乾没躭閲丘墳謁子特于南荆訪康成于北海西遊梁益仰司馬王楊之風東入臨淄慕淳于

山林之念不忘也

剡即剌也

騣音宗

管晏之智。瞻言前古。徒欲思齊。俯惟當今。空勞懷剡。不意雲浮礎潤。霜落鐘鳴。揖郭泰于仙舟。有道斯在。賞騣明于徹俎。盛德猶存。雖雅調清歌。誠寡和于郢路。而庸容濫吹。竊混奏于齊竽。輕撮課囊。揄揚盛德。庶金波離畢。零陵之石自飛。瑤光建寅。蕭丘之火漸熱。學慚麟角。德類鴻毛。愧汗如漿。憂心若厲。

啓類

蔣一葵曰宮商相間繪素相雜然其間妙語多襲用太常伯啟豈文章大家亦自有帖括耶治不能為駱丞解嘲也

呂音余

上廉使啓

每讀書見古人負米之情捧檄之操未嘗不廢書輟卷流涕傷心何則情蓄於中事符則感形潛於內迹應斯通而悅帝力以棲魂情欣養素仰皇華而暢慮敢用披丹伏惟公源控玉輪激神濤而涵地基疏金闕架飛呂以韜雲洎乎鹿走周原霸燕圖于即墨蛇分沛澤封漢爵于肇城福祿攸鍾公侯必復炳靈丹穴襲吉黃裳若

乃峯秀學山列三墳而仰止瀾清筆海委九流
以朝宗登小魯之山辨練光于亂馬臨大吳之
國識寶氣于連牛垂秋實於翰林絢春花于文
苑清規湛秀照月旦而雕談素論凝玄開夜光
于妙辨旣而業成麟角引茅茹而彈冠道映鳳
池絢桃花而曳綬揆留皇鑒忠簡帝心列職春
官標離光于青殿代工天府明台燿于紫宸故
得龍綍垂光戢兩星而開照鶴蓋浮影翼五雲

詞麗意聰昂然
可捕

邈一作還

以連陰某大塊流形。小人餘慶。幸河神入昴。映白榆以流祥。江使負圖。泛青蓮而薦兆。薰風廣扇。聖日揚煇。進不能高議雲臺。談社稷之上務。退不能銷形地脉。揖箕潁之餘芳。而出沒風塵。湮淪名利。十年無棣。萬里惟桑。既而日遠長安。出蓬門而西笑。雲飄吳會。迥松浦以南浮。冀塵迹丘中。絕漢機於俗網。承歡膝下。馭潘輿於家園。不悟地絡遐張。維白駒於空谷。天羅迥布。弋黃鶴於高雲顧巳鴛鉛並從媒衒力農賤事未免東皐之勞反哺私情遽切南陔之詠少希顧復輒布悃誠雖噬臍思歸空軫倚閭之望而嚙臂求仕非圖高蓋之榮明公資孝履忠恕巳及物惟幾成務論道經邦庶顧免離星動薰風於舜海從龍潤礎霈甘雨於堯雲則白羽書生自銘恩於食稻黃裳童子將賽德於餐花拜手迴遑傾心霡霂

霡霂音麥木猶言流汗

森秀之骨瀟遠
之氣性〻從歎
側歷落中出人

籯音盈

上瑕丘韋明府啓

側聞觸籠戢翮負垂天而蹋影伏櫪羈蹄望絕塵而跪足故以遊蓮遇緦悟宋主於嬰羅在藻迷波顧蒙莊於煦轍是以臨淄遣婦奇東緼於齊隣邯鄲下客效處囊於趙相伏惟明公締址瓊峯靈嶽蔽丹霄之景圖基珠溜神流沃清漢之波玉札飛文綜宏詞於楚傅金籯緝藝味雅道於扶陽孕蘭畹而生姿澧霸鍾高門之慶產

對聯工妙切題

古法

銅溪而寫鍔荆藍資象德之禎幼辨羝羊演飛
龍之祕策夙談孔雀對家禽之麗詞赤野浮玆
價之光珠胎瑩色丹穴陪來儀之迅鳳彩含姿
靈襟轉璧絢逸照於蘭池神府驚蘋韻清音於
桂浦談叢散馥韞餘氣於九蘭筆海流濤駭洪
波於八水綰銅麟甸製錦凫郊化浹下車恩孚
攬轡德聲合詠仁風飄十地之雄道化編謠惠
露灑三天之渥狎中牟之馴雉豈懼驍媒鷙重

耘性一作私默

泉之瑞鸞非關照舞雖則塵飛范甑垂銀有結綬之華而乃調理宓絃烹雞屈函牛之量加以招攜白屋勸誘青衿遂使漱流逸客望驥足以雲蒸棲泌遺才款龍門而霧會某緯蕭末品拾艾幽人寓跡雩壇把危直之祕説託根磬渚戰戰勝之良圖幸以奉訓趨庭束情困於理窟從師負笈耘性識於書林至於九流百氏頗總緝其異端萬卷五車亦精研其奧旨將欲優遊三

爵一夔曰上裴侍郎書則以修界辭及上司刑啟則有輸急之諭上兗州啟則有奮短翻云玉上韋明府啟則有沉骸九死等語又汲汲于進若不及者前後兩截人宜為行儉識破兩非真情故其語麗後畢本相故其語衰

樂負杖以終年。棲遲一丘。鳴絃而卒歲。諒以糟糠不贍。甘旨之養屢空。簞食無資。朝夕之懷寧展。是以祈南陽之捧檄。擬毛義之清塵。思魯國之執鞭。蹈孔丘之餘志。屬以蠶秋應節。鴈序届時。颸金將露。玉供清柳黛與荷緗漸歇。實合毫振藻之際。離經析理之期。不揆彫朽之林。竊冀遷喬之路。輒用泛愛。輕用自媒。倘荆璞無見致疑。夜光不逢按劍。則沉骸九死。終望銜珠殞首

王世貞曰三泉者小數之終言深也極深爲九泉

此啟如青松獨擢風韻幽遠

三泉徒希結草載塵清矚跼影外慙冐瀆威嚴循心内駭謹啓

上郭贊府啓

側聞樞精嘯谷韻清籟於鶩蘋震德昇乾䨓玄枝而布族雖涸鱗濡沫尚觖望於鯨波而决羽槍榆頗思遷於鶯樹伏惟公瓊基壘秀積珠構於三龍玉幹鶩華燁瑤林於八桂仙飛有道榮河泛高尚之舟德驗通神靈策洞幽明之境産

甬一作運

縣青要

耶溪而濯質霜鐔廓豐匣之姿孕鍾嶺而飛華
虹玉絢荊巖之氣松秋表勁翊頳霞而插極菊
晚馳芳涵清露而炫沼鑒懸龍鏡明逸照於咸
陽韻入凫鍾驚洪音於長樂心源泛藻控熬璧
以朝宗情岳披雲掩龜岑而作鎮惠牛躍辨鷩
荀鶴於譚叢楊鳳摛文詠芻龍於筆海故佐銅
章於磬渚側扇文鯀之風戒墨綬於桐郊讚誘
祥鸞之化絃揮單父弼清韻於稽琴化狎中弁

援彼以與此用
意亦淒惋

翼馴翬於潘雉加以延賢置驛接士軾廬采拔
芻微邁欽賢於司隸提獎幽滯軼取俊於淳于
某甕牖輕生席門賤品幸以參名比屋悅康衢
以自娛預跡耦耕欣日出而知作又以家傳素
業弋書林而騁志少奉庭闈踐文苑以漁魂至
於白簡青緗頗側探其奧旨竹書石記亦幽求
其邃源雖未能叫徹帝閽聲馳宰府而頗亦見
推里閈譽浹鄉閭方今銀箭纏秋金壺應節晄

無論其情事之絕已此數聯何其清竦而香潔

涔青潛又青岑

墨翅足期遷跡於一枝味道彈冠望橫經於重席不量庸昧竊冀揚庭伏乞恩波暫垂迴盼儻使陳留逸調下採柯亭之篠會稽陰德傍脊餘溪之蔡則迴聆之報不獨著於前龜清亮之音誰專稱於往笛雖滄溟遠量敢不媿於牛涔而嵩岱鴻恩終情酧於蟻垤輕喧視聽憂讋唯深猥瀆階庭兢惶交集謹啓

上梁明府啓

鬆散極得趣入深倫有情

李廷機曰此皆無多字而有餘思精練工緻特其餘耳

單一作駕

魯曦曰字句爭奇

昔者聞歌薛邑賞彈鋏於馮讙佇駕夷門揖抱關於侯子豈徒成風之斵妙思通神流水之絃清音入聽況夫志合者蓬心可采情諧者蘭味寧忘伏惟公儀天聳構層基控射牛之峯浸地開源驚濤疏釣鰲之浦至夫封侯廟食掩金許以霞褰三主八公單袁楊而岳立於是功超振鷺位典烹鮮水鏡澄瀾照翔鸞之舞影埈琴動操叶馴雉之雅音既而盛德有隣佐皇華而撫

真交情相異語

蔣一葵曰裴行儉欲以書記之事委駱ゝ有母作欲終養故辭

俗。君子不器。扈輴軒以觀風。某蒲石橋遷。聲鄉蓬轉。不叶十室無專一經。攀驥逸而無由。仰鵬飛而自失。公顧盼成飾。唾咳爲恩。庶微潤於江波。冀末光於隣燭。使幽禽遷木。侶丹山於帝梧。鳴石在川。應黃鍾於仙管。敢布心也。詎能望焉。

上吏部裴侍郎書即裴行儉

書不盡言。言不盡意。然則理存乎象。非書無以達其微。詞隱乎情。非言無以筌其旨。僕誠鄙人

之如此誰謂賓王才士而無器識耶

陳仁錫曰情切音哀每每讀之淚下

也。頗覽前事。每讀古書。見高臺九仞。曾參負北向之悲。積粟萬鍾。季路起南遊之嘆。未嘗不廢書輟卷。流涕沾衣。何者。情蓄於中。事符則感。形潛於內。迹應斯通。是布腹心。罄瀝肝膽。庶大雅含弘之度。矜小人悃款之誠。惟君侯察焉。賓王一藝罕稱。十年不調。進寡金張之援。退無毛薛之遊。亦何嘗獻策干時。高談王霸。衒材揚己。歷抵公卿。不汲汲於榮名。不戚戚於卑位。蓋養親

陳仁錫曰勢利相傾一語總四人不服

之故也豈謀身之道哉不圖君侯忽垂過聽之恩任以書記之事擬人則多慚阮瑀入幕則高謝郄超昔聶政荊卿刺客之流也田光豫讓烈士之分也咸以勢利相傾意氣相許尚且捐軀燕趙甘效齊韓今君侯無求於下官見接以國士正當階麾後殿奉節前驅賈餘勇以求榮效輕生而答施而顧逡巡於成命躊躇於從事者徒以夙遭不造幼丁閔凶老母在堂常嬰羸恙

此孝子真腸

哀声一作衷誠

藜藿無甘旨之膳松檟闕遷厝之資撫躬存亡何心天地故寢食夢想噬指之戀徒深歲時蒸嘗崩心之痛罔極若僕者固名教中一罪人耳何面目以奉三軍之事乎況屬天倫之喪奄踰七月違膝下之養忽已三年而凶服之制行終哀疚之情未洩興言永慕舉目增傷夫怨於心者哀聲可以應木石感於情者至性可以通神明故徐元直指心以求辭李令伯陳情以窮訴

蔣一葵曰李密爲祖母陳情辭官而後以遷遲怨望獲罪人固不可以本末論也吾于賔王亦云

陳仁錫曰以兒女口吐丈夫腸

上以棄興王之佐命下以全奉親之篤誠而蜀主不以爲非晉君待之逾厚此二者豈貪貧賤惡榮華厭萬乘之交甘匹夫之辱也蓋有不得已者哉人有乾沒爲心脂韋成性舍慈親之色養奉明主以驅馳忘顧復之私外存傅會之眷薄骨肉厚榮寵苟背恩而自效則君矦何以處之且義士期乎貞夫忠臣出乎孝子既不能推心以奉母又焉能效節以事人假物議之無

陳仁錫曰艷雜中韻折

嫌實吾斯之未信也。況流沙一去。絕塞千里。子遂入塞之魂。毋切倚閭之望。就令歡以卒歲。仰南薰之不背。而使憂能傷人。迫西山而何幾。君侯情深錫類。道叶天經。明恕待人。慈心應物。儻矜犬馬之微願。憫燕雀之私情。寬其負恩。遂其終養。則窮魂有望。老母知歸。

與程將軍書 即元振

昨見武郎將備陳將軍之言。恩出非常。談過其

一篇典謨雅重大文字出自織麗手中尤爲不劌

實。恭聞嘉惠。深用慚惶。君侯懷管樂之材。當衛霍之任。豐功厚利。盛德在人。送往事居。元勳蓋俗。智足以興皇業。道足以濟蒼生。尚且屈公侯之尊。伸筦庫之士。若下僕者。天地一無用芻狗耳。粤自旌賁之辰。即逢聖明之曆。材不經務。不能成佐命之功。知不通時。不能包周身之慮。加以天資木强。不能屈節權門。地隔蓬心。不能買名時議。常願爲仁由己。喪我於吾。見機可以絕

陳仁錫曰深自抑畏

機無用之爲有用隨時任其舒卷與物同其波流者矣其於木也曾般無所措其鈎繩其於駕也伯樂無所施其銜策不悟聖朝發明揚之詔君侯緝雍熙之道曲垂提獎廣借游揚假以樗櫟之姿忝預賢良之薦當今鴻都富學麟閣多莫非游夏不可以升堂非夔牙不可以擊節儻使片言失德事暴區中匹夫竊議諳流天下進乖得賢之舉退貽薄德之譏恐不肖之軀爲高

究 作究

迂闊

陳仁錫曰感而且愴文生于情

明之累耳必能一盼增價九衢先登燕昭爲市駿之資郭隗居禮賢之始則當效駑鉛之用飾固陋之心陶鑄堯舜之典謨憲章文武之道德上以究三才之能事下以通萬物之幽情將使詞翰爲行已外篇文章是立身岐路耳又何足道哉言而不悊者恃惠子之知我也所恨禁門清切造别無緣官守牽纏風期有限某尚期辭滿儻泛孤舟萬里烟波舉目有江山之恨百齡

愽大精雅詞氣激烈且錯雜中有條理轉換處有節奏如大海迴風濤声接天壤矣

心事勞生無暫刻之歡。嗟夫。流水不窮。浮雲自遠。沾襟此別。把袂何時。特以平生之私。忘其貴賤之禮。再拜。

答員半千書

張評事至。辱惠書及詩。把玩無厭。暫如有序。上言離恨。下曷交情。篤以猛風乾蘇之談。彌以驟雨濕薪之喻。雖聞義則徙。道存於起予。而擬人失倫。事均乎甂物。借如誠說。蓋足下之不知言。

倘或劇談豈吾人之所仰望夫鯤之爲魚也潛碧海泳滄流沉鰓於渤澥之中掉尾乎風濤之下而濠魚井鮒自以爲可得而齊焉鵬之爲鳥也刷毛羽恣飲啄戢翼於天地之間宛頸乎江海之畔而雙鳧乘鴈自以爲可得而藝焉及其化羽垂天摶風九萬振鱗橫海擊水三千寧豈借翰於槍榆假力於在藻資江濱涓流之水待堀堁揚塵之風哉故張子房之達人也擊水摶

道一作過

形一作情

陳仁錫曰個中當有所得

風之適焉朱買臣之屈士也戢翼沉隱之致焉
足下雅得古人之致不乏先賢之道自守莊筌
無嬰羈網亦寧不知在藻搶榆之力非擊水搏
風之助乎而詞旨殷勤深所未喻盡言爾志豈
若是乎夫人生百年物理千變名利寵辱之形
立矣愛憎毀譽之迹生焉其有道在則尊德成
而上幽貞爲虛白之室靜默爲太玄之門知軒
冕是儻來悟榮華非力致苟斯道不墜亦何患

葛曦曰滿腔幽恨心目相關忽然得此苦語妙語

聲韻動人

此語便凄其可泣

乎無成而欲圖僥倖於權重之交養聲譽於衆多之口斯所以楊朱徘徊於岐路阮籍怵惕於窮途嗟乎霜往露來歲寒不待山高河廣離會無時桂樹寒花公子去而忘返松巖春草王孫遊乎不歸去矣員生遠離隔矣音塵不嗣情其勞矣畏途空谷靜躁殊矣惠存好我無寄爾音

與博昌父老書

雲雨俄別封壤異鄉春渚青山載勞延想秋天

白露幾變光陰古人云別易會難不其然也自解攜襟袖將十五年交臂存亡略無半在張學士溘從朝露辟閭公倏掩夜臺故吏門人多遊蒿里耆年宿德但見松丘嗚呼泉壤殊途幽明永隔人理危促天道奚言感今懷昔不覺涕之無從也過隙不留藏舟難固追惟遊者浮生幾何哀緣物興事因情感雖蒙莊一指殆先覺於勞生秦佚三號詎忘情於怛化啜其泣矣尚何

一時所見真境寫出不覺形容如畫筆端

云哉。又聞移縣就樂安故城，廨宇邑居咸徙其地。里閈阡陌，徒有其名。荒徑三秋，蔓草滋於舊館；頹墉四望，拱木多於故人。嗟乎，仙鶴來歸，遼東之城郭猶是；靈烏代謝，漢南之陵谷已非。昔吾先君，出宰斯邑。清芬雖遠，遺愛猶存。延首城池，何心天地。雖則山河四塞，足稱無棣之墟；松櫝千秋，有切維桑之里。故每懷夙昔，尚想經過，于役不遑，願言徒擁。今西成有歲，東戶無爲，野

此語始真始非宦情薄套語

老清談恬然自得田家濁酒樂以忘憂故可洽賞當年相歡卒歲寧復惠存舊好追思昔遊所恨跂予望之經途密邇竚中衢而空軫巾下澤而莫因風月虛心形留神往山川在目室邇人遐以此懷勞增其嘆息情不遺舊書何盡言

答與前父兄書意同彼華而此質

與親情書

風壤一殊山河萬里或平生未展或睽索累年存歿寂寥吉凶阻絕無由聚洩每積淒涼近緣

之官佐任海曲便還故里冀敘宗盟徒有所懷未畢斯願不意遠勞折簡辱逮沉淪雖未敘言暫如披面晚夏炎鬱並想履宜某初至鄉閭言尋舊友耆年者化爲異物少壯者咸爲老翁山川不改舊時丘隴多爲陳迹感今懷古撫存悼亡不覺涕之無從也詢問子姪彼亦凋零承言傷情增以悲慟雖死生之分同盡此途而存亡之情豈能無恨終期展接以申闊懷取此月二

十日，棲桐成禮。事過之後，始可得行。祇敘尚賒

傾繫何極。各願珍之城。遠無所詳。

棲桐一作陜相

唐駱先生集卷五

唐駱先生集卷六目錄

序類

餞李八騎曹詩序

揚州看競渡序

秋日與羣公宴序

唐初序引只即並言之而不及議論名一時之体韓柳而下啜昭繇〻哉有綫于罵詈此不但文体之殊亦世道人心之一变也

唐駱先生集卷六

序類

秋日於益州李長史宅宴序

夫以五嶽棲眞，沓渺青溪之上；六爻貞遁（作貞遁），寂寞滄海之濱。斯並激俗矯時，獨善之風自遠；懷材韞價，兼濟之道未弘。長史公玄牝凝神，虛舟應物，得喪雙遺，巢由與許史同歸；寵辱兩存，廊廟與山林齊致。乘展驥之餘暇，俯沉鳧以開筵。曲

任棠隱居太守訪之但置水于門曰欲吾清也山簡鎮襄陽每遊習家池

五際謂卯酉午戌亥為陰陽之會

陳仁錫曰四美難

浦澄漪似對任棠之水茅亭與洽如歸山簡之池加以秋水盈襟寒郊滿望洲渚肅而蒹葭變風露凝而荷芰疎忘懷在真俗之中得性出形骸之外雖四子講德已頌美于中和而五際陳詩未形言于大雅爰命虛謏題而序之弁側山頹即有琴歌留客操觚染翰非無池水助人盍各賦詩式昭樂事

冒雪尋菊序

高曦曰借断金之義以黄對白妙甚
又曰首四句把序意提明詞家有風趣
楊道賓曰王勃滕王閣序云落霞与孤鶩齊飛秋水共長天一色二公一時人然此二句景調可以頡頏矣
蔣一葵曰此篇與滕王閣序輳實蓋一時詞家

白帝徂秋黄金勝友解塵成契冒雨相邀問涼燠則鴻鴈在天敘交遊則芝蘭滿室砌花舒菊還同載酒之園岸葉低松直汎維舟之浦參差遠岫斷雲將野鶴俱飛滴瀝空庭竹響共雨聲相亂抑折巾於書閣行閱飄蓬把雅步于琴臺坐聞流水字中蝌蚪競落文河筆下蛟龍爭投學海珠簾映水風生曳露之濤錦石封泥雨濕印龜之岸泛蘭英于戶牖座接鷄談下木葉于

意興所到下筆自同辟之富人肆筵彼此琮錯不必詢其倣效誰何也

中池。厨烹野鶴。墜白花于濕桂。落紫蔕于疎藤雖物序足悲。而人風可愛。留姓名于金谷。不謝季倫。混心迹于玉山。無慚叔夜。

晦日楚國寺宴序

夫天下交通。忘筌蹄者蓋寡。人間行樂。共煙霞者幾何。群賢挹古人之清風。翫新年之淑景。情均物我。緇衣將素履同歸。迹混汗隆。廊廟與江湖齊致。于時春生城闕。氣改川原。聞遷鶯之候

川寺中之宴故所用皆禪學固存為珪遇負成雖無不臻其妙境

起句別是一局江淹賦云黯然銷魂者惟別而已矣此蓋借以

時行欣宦侶見遊魚之貪餌坐悟機心加以慧日低輪下禪枝而返照法雲凝蓋浮定水以涵光忘懷在眞俗之中得性出形骸之外雖交非習靜多慚谷口之談庶醉可逃喧自得山陽之氣詩言志也可不云乎

餞宋少府之豐城序

黯然銷魂者豈非生離之恨歟帝里天津槐衢分黑龍之水巴陵地道楓江連白馬之門親友

發端

徘徊締歡言于促膝故人尊酒掩離涕于交顧于時晚吹吟桐疑奏離別之曲輕秋入麥似驚摇落之情白日將頽青山行暮想姑蘇之地夕露沾衣望吳會之郊斷雲飄蓋嗟乎岐路是他鄉之恨溝水非明日之歡玉斗臨吳太阿之氣可識金陵背楚小子之路行遥盡各賦詩式昭離緒

楊慎曰古山嶺之嶺但作領漢

初春邪嶺送益府參軍序

書梅領腧領是也蘭亭帖業山峻領實述用之麿諸豫良加山作嶺贊也
他鄉杯酒縱飲不樂似初春光景

分首三春送君千里青山白爪非舊國之春秋翠瑩清樽是他鄉之杯酒況復圭峯南望切登高之情渭水北流動臨川之嘆于時寒光將過春景未華殘雪飄花猶開六出輕冰涵鏡未解三川晨風軫孫楚之情岐路下楊朱之淚雖載言載笑賞風月于離前一詠一吟寄心期于别後詩言志也可不云乎

秋日餞麴錄事使西川序

情真景佳曲盡

天孫之巧

懸音標風疾也

班分布不進之

麯錄事務切皇華指輪臺而鳳舉群公等情敦
素賞臨別館而㲋分促樽酒以邀歡望山川而
起恨于時露團龍隰雲斂鴈天落葉響而庭樹
寒殘花疎而蘭皐晚閒秋聲之亂水已恰分溝
對零雨之飄風倍傷岐路五日之趣未淹蘭籍
之娛二星之煇行照葱河之境清飈朗月我則
相思隴水秦川君方嗚咽行歌不定遽驚班馬
之嘶贈言可申聊振飛魚之藻人探一字四韻

綵宴中語復奇麗

四篇

贈季八騎曹詩序

夫人生百齡，促膝是忘言之契；丈夫四海，交順非贈別之資。然而想山水之旣遥，送歸將遠；惜歲華之不待，行樂無時。是用輟征驂以少留，敞離亭而多暇。山芳襲吹，坐疑蘭室之中；水樹含春，宛似楓江之上。加以御溝新溜，近入離絃；賓館餘花，遥催別酒。旣而滎波東注，灞岸南登，綠蟻傾而高宴終。金烏落而離言促。雖相思有贈。終結想于華滋。而素賞無暌。盍申言于麗藻。人爲四韻。各賦一言。

揚州看競渡序

夏日江干。駕言臨眺。于時桂舟始汎。蘭棹初游。鼓吹咽江山。綺羅蔽雲日。婉娟舞袖向綠水以頻低。飄颻歌聲得清風而更遠。是以臨波笑臉。豔出浦之輕蓮。映渚蛾眉。麗穿波之半月。靚粧

將一癸曰錦心繡口落華自是不同然而比于濮矣

清新俊麗四六之雕龍也

寫眼前之景竅轉含蓄道不盡淒感之意

舊飾此日增奇。絃管相催。兹辰特妙。能使洛川迴雪。猶賦陳思。巫嶺行雲。專稱宋玉。凡諸好事。請各賦詩。

秋日與群公宴序

昔挂瓢隱舜。蹈箕山而不歸。結組遯齊。遡滄波而長往。咸用潛心物外。擯影丘中。豈若擬迹小山。陶心大隱。叶仲長之怡性。偶潘岳之棲閑。群公或道洽忘筌。契金蘭而貴舊。或情深傾蓋。披

自言其趣亦頗簡淡

玉葉以交新于時玉女司秋金烏返照烟合碧篠結虛影于鱗枝風起青蘋動波文于翼態庭榴剖實擎丹彩以成珠岸石澄瀾泛清漪而散錦既而誓敦交道俱忘白首之情款爾連襟共挹青田之酒不有雅什何以攄情共引文江同開筆海

唐駱先生集卷七目錄

雜著類

王世貞曰秦德公始為伏祠曰伏者金氣伏藏之日也

茅瓚曰此篇以魚喻人之涉世最後釣川釣國之論尤高人一着

李廷机曰此與

唐駱先生集卷七

雜著類

應詰

予以三伏時行至七里灘此地即新安江口也有嚴子陵釣磯焉澄潭至清洞徹見底往往有羣魚戲歷如行空中人有釣者試取餌投之或有浮而不顧者或有貪而輒吞者引竿而舉因以獲焉其始出也乃掉尾揚鬐有若恃力而自

徵君諫獵篇同一机軸可以參看

馮子莊周二語借故事作議論槩使百家手段

葛曦曰此祝以鳥獸龜龍比喻蓋傷其見獲而故放之也為下文詰難張本

莊履豐曰兩漢有解嘲荅賓諸作寔王步武而獨出机軸之意

勉其少退也則鼓鰓濡沫有似屈體而求哀嗟乎勢牽於人道窮於我將欲以下座而歌馮子又安能中轍而呼莊周哉余乃祝曰猛獸搏也拘于陷穽鷙鳥攫也縶于樊籠素龜靈也披髮河津白龍神也挂鱗豫且何不泥潛而穴處何故貪餌而吞鈎乎於是放之江流盡其生生之理時同行者顧詰余曰夫至人之處世也擬迹而後投隱心而後動終始不易其道悔吝不生

超然高出諸人之上

葛曦曰以殷乙孔丘申上論鳥獸龜龍之衷與莊子智有所困神有所不及意同

其情而吾子沉緡於川登魚於陸烹之可以習政術羞之可以助庖廚囊求之將何圖今舍之將何欲余笑而應之曰聖人不凝滯于物智士不推移于時知幾之謂神含生之謂道殷乙聖也囚于夏孔丘賢也畏於匡且夫明哲之賢尚罹幽憂之患况鱗羽之族能無弋釣之累哉故囊吾有心也求之不得今吾無心也故既得而捨求與捨不亦雙美乎烹與羞不亦兩傷乎况

楊道賓曰只就釣字上發許大議論

歸有光曰此等文字悉從莊列點化來而無一字蹈襲

療饑者半菽可以克腹爲政者一言可以興邦亦奚必因小鮮而後明三異之規勸大命而後冀一餐之飽擒而不殺可不謂仁乎獲而不烹可不謂廉乎且夫投竿而爲事者太公之遺術也形坐磻溪之石兆應滋水之璜夫如是者將以釣川耶將以釣國耶然後知古善釣者其唯太公乎又有妙于此者其唯文王乎夫文王制六合而爲鈎懸西伯而爲餌筵之于清廟投之

葛羲曰此言大丈夫有釣國之志與鮑肆漁父者何别正明所以狄漁之意寓意甚微

義烏指意之深遠寄興之悠長微而顯約而續正而變觀其行

于巨川一舉而獲太公再舉而登尚父由此觀之蹲會稽而沈犗者鮑肆之徒也踞滄海而負鰲者漁父之事也斯益眇小者之所習安知丈夫之所爲哉

自叙狀

伏奉恩旨令通狀自叙所能某本江東布衣也幸屬大爐與觀合璧光輝易彼上農叨茲下秩于今五年矣然而進不能談社稷之務立事寰

叙状可不謂豪
傑之士哉

中退不能掃二相之門買名天下徒以黃離元
吉白賁幽貞沐少海之波瀾照重光之麗景雖
任能尚齒載弘進善之規而觀過知人異降自
媒之咎是用披誠歷懇以抒愚衷若乃忘大易
之謙光矜小人之醜行彈冠入仕解褐登朝飾
懷祿之心效當年之用莫不狥名養利勵朽磨
鉛自謂身負管樂之資志懷周召之業若斯人
者何勝道哉而脩譽察能聽言觀行捨眞筌而

許武氏擻誠自大節不可奪

擇士沿虛談以取材將恐有其語而無其人得其賔而喪其實故曰知人不易人不易知抑又聞之知臣莫若君知子莫若父誠能簡材試劇考績求功觀其所由察其所以臨大節而不可奪處至公而不可干冀斯言之無虧於從政乎何有若乃脂韋其迹乾沒其心說巳之長言身之善覥容冒進貪祿要君上以紊國家之大猷下以瀆狷介之高節此凶人以為耻況吉士之

爲榮乎。所以令衙其能斯不奉令。

祭趙郎將文 代李義作

唯靈降精辰象。委質昌期。棄筆文場。早徇封侯之志。彰纓武帳。坐昇戎秩之榮。屬滇浦挻妖。昆明習戰。應星文而動將奉天討以揚威。不能弘妙算于五戎。叶神謀于九變。致令王師失律。兇狡憑陵。雋穴南臨。同五溪之深入。卭關北阻。類雙崤之不歸。亭候多虞。故有負于明代。春秋責

字字委婉要其令人不能仰視

蓋春之月掩骼埋胔

帥豈無慚于幽途夫任賢與能明君之事也陳力就列忠臣之節也雖見危授命固誠節之有餘臨難權機何智謀之不足嗚呼哀哉某猥以散材謬專分閫途經夷落路踐戎墟停疲驂于九原悲來有地痛遺骸于四野泣下無從暫輟征旅之勤爰崇掩骼之義庶幽靈有托栖丘息入夢之魂壯士不還薤歌起送終之曲嗚呼九眞邊徼萬里長安城危疎勒山峻皐蘭因原爲

三茶綜核世務切中人情其音調清雅筆勢雄傑有穿雲裂石之聲沖霄貫月

隴。即壞成棺。夕陰巘而平蕪晦。秋風急而荒戍寒。哀哉。異域幽埏。但有新栽松栢。他鄉古木。非復舊邑枌榆。感平生其若在。聊申素酒。儻幽靈之不昧。式薦箪醪。

對策文

閬岱岳遊魂。入佳城而怛化。瀛洲羽客。竦鶴轡而輕舉。雖則備于縑素。昭晰可觀。求諸耳目。虛無罕驗。棄杖成龍。有異虞翻之旨。銜恩結草。寧

之氣

洪厓三皇時異人

符宗岱之言二者何從爾其揚權
對遐觀素論玅覿玄風唯鬼唯仙難究難測至
大滕公長往佳城開白日之徵洪厓不歸曾丘
控紫雲之蓋或祟成蒼狗自是趙王之神道協
赤龍爰通陸安之治玉壘變萇弘之血金闕化
浮丘之靈囿能目覩桑田來作西王之使魂遊
蒿里還爲北帝之臣然而將聖生鄒本忘情于
語怪多材封魯亦黙論於通仙泊乎大義巳乖

歷歷參証以驗
仙鬼之不誣覩
切精到

斯文將墜于是八儒三墨之道異軫分馳九流
百家之文殊途競爽語仙則有無交戰語鬼則
虛實相紛遂使結草抗軍爰乖宗岱之論化竹
游水有異虞翻之言然而博訪古書細尋囊冊
徇其浮說徒有奔競之談求諸至言抑匪通經
之旨何則高明瞰室已著六爻之文太虛游形
式編三洞之籙故齊公出獵遇豕啼於貝丘周
嗣登仙浮鶴軒於洛浦况乎干寶碩德已緝捜

弘雅淡宕具見功力

神之書劉向通儒非無列仙之傳斯皆實錄諒匪虛談謹對

問士農工商四民各業廢一不可取譬五材而闕里致言鄙於學稼漆園著論爰稱絕機豈先聖垂文義有優劣將隨方設教理或變通者哉爾其大陳用啟前惑

對出震登皇垂衣裳而馭籙秉乾踐帝順舒慘而字氓莫不列九土以開疆因四人而安業故

數一作敉

農爲政本兩漢舉力田之勤財用聚人九市列惟金之利陟龍門而就日入仕彈冠斲蟬翼以成風追工運斧因人成事隨利濟時蓋五帝通規三王茂範然則泣麟上聖訓三千以領徒夢蝶幽人搏九萬以濟物欲使丘門志學析以問農之言漢渚絕機杼以灌園之巧斯乃變通權數趨舍適宜當今海內又安天下樂業仕植舊德農服先疇自可孫弘獻書以待公車之制王

言農
言士
言工
言商

王世貞曰甲令謂首篇也

滋泉即太公釣所洛陽賈誼年未二十出對公車

一派机趣而格點法老叙事處毫無跡而絶有神

丹載酒時慰田家之勞謹對

問四十強仕七十懸車著在格言存諸甲令然則顔駟韞價殆乎白首和尊播美始自髫年欲使滋泉之彦必臻洛陽之才無舍則隄防或爽襟帶徒施其道如何佇聞嘉答

對竊聞大人有作義佇良林貞士猶名理資明主是知君必待士士必待君故使飛龍在天聖智有賢明之佐巨魚縱壑元后得唐虞之臣然

甫一作方庭一
作巢

應前閑鎖

二龍陸機陸雲
也三豕子夏曰
乃已亥也

否泰或爽材運難弁歲漸懸車尚牧淄原之豕
年甫志學且珥漢庭之貂是知因藉時來和君
播玄鬣之俊當其未遇顏生致白首之勤語其
古今稽之運會雖則人事抑亦天時當今乘六
御天得一居帝翹車獵彥束帛旌賢故當桂幽
人羆韞真於文豹青蓮江使白裂兆於飛熊豈
止洛陽之才來儀漢國滋泉之叟降止周朝而
已哉其談謝二龍識迷三豕徒以鑽木輕熖仰

此扶謂曰含桂
謝月

升扶而燿輝，化草餘光；對含桂而炫彩，廻遑如失。俯仰多慚，謹對。

唐駱先生集卷八目錄

檄類

李贄曰檄者聲彼之罪致我之討也漢史有傳檄而定之語則檄所從來久矣必有明目張膽之文方合于檄體

茅瓚曰平平叙起便沉着痛快

歸有光曰筆端如畫真寫出蠱媚之態

林希元曰歷纍

唐駱先生集卷八

檄類

代李敬業起兵誅武后檄

彼僞周武氏者。人非溫潤。地實寒微。昔充太宗下陳。曾以更衣入侍。洎乎晩節。穢亂春宮。（首序其惡）密隱先帝之私。（密隱字為高宗出脱）陰圖後庭之嬖。入門見嫉。蛾眉不肯讓人。掩袂工讒。狐媚偏能惑主。陷元后于翬翟。致吾君之聚麀。（歷数其罪）加以虺蜴爲心。豺狼成性。暱狎

邪佞。殘害忠良。殺子屠兄。弑君鴆母。神人之所
共疾。天地之所不容。猶復包藏禍心。窺竊神器。
君之愛子。幽之別宮。賊之宗盟。委之重任。嗚呼
霍子孟之不作。朱虛侯之已亡。燕啄皇孫。知漢
祚之將盡。龍漦帝后。識夏庭之遽衰。敬業皇唐
舊族。公侯冢子。奉先君之遺訓。荷本朝之厚恩。
宋微子之興悲。良有以也。桓君山之流涕。豈徒
然哉。是以氣憤風雲。志安社稷。因天下之失望

此猶其大罪

武氏罪惡真無
容身之地辭嚴
義正文更請響
似此文字亦宇
宙間氣
蔣一葵曰是時
昌宗兄弟白馬
寺主皆未到手
少了幾句稱頌
語
羅大經曰定大
策者豫處而密
謀者大聲而明
目而張膽大子
之隨三郡王陵
之廷諍寇王之

討檄自不可少

倉一作食

李廷機曰理直布氣自壯有萬夫莫當之勇而詞自感慨悲傷

陳仁錫曰美人之舌烈士之腸

遂四海之推心爰舉義旗以清妖孽南連百粤
北盡三河鐵騎成羣玉軸相接海陵紅粟倉儲
之積靡窮江浦黃旗匡復之功何遠班聲動而
北風起劍氣衝而南斗平喑嗚則山岳崩頹叱
咤則風雲變色以斯制敵何敵不摧以斯攻城
何城不克公等或居漢地或叶周親或膺重寄
于爪牙或受顧命于宣室言猶在耳忠豈忘心
一抔之土未乾六尺之孤安在儻能轉禍爲福

駢儷之作自是文之一体武后覽其文而稱其才歸咎宰相但亦能鑒賞如此

楊慎曰唐書武后之世不見有征雲南事余觀駱賓王集頗見其事膏車秣馬辭鄉邑蒙鑾西南吏印契此富

送往事居。共立勤王之師。無廢大君之命。凡諸爵賞。同指（一作列）山河。若眷戀窮城。徘徊岐路。坐昧先幾之兆。必貽後至之誅。請看今日之域中。竟是誰家之天下。

姚州道破逆賊諾沒弄楊虔柳露布

尚書兵部臣聞北極列象。六合奉天子之尊。南面乘乾。一統成聖人之業。是知衣裳所會。義有輯于殊隣。霜露所均。誠有育于異類。故塗山萬

王念從宦十罵
也行路難云去
去指危牢行之
入不毛則從征
之事也其姚恫
道露布云浮竹
遺亂流木餘函
又云三脉巂嶺
此山即南中巨
防也

國誅後至者防風丹浦一戎緩前禽者就日然
則利弧矢以威天下法雷霆以震域中四時行
焉天道不能去殺五兵備矣皇業所以勝殘雖
事切救焚苟順時以濟物恩深祝網不獲已而
用兵伏唯皇帝陛下登翠嬀以握圖居紫微而
正象玄功不宰混太始以凝神至道無名佇華
胥而得夢闡文教以清中夏崇武功以制九夷
環海十洲通波太液之水鄧林萬里交影甘泉

王世貞曰文章厭排偶獨露布與檄文須如此藻麗古是名家故六朝与初唐諸作相為雁行令人至今口嘖嘖稱

三門謂謀言兵

皺音鞍皺疑與攘奪同

之樹反踵穿胸之域襲冠帶以來王竒肱儋耳之酋奉正朔而請吏逆賊蒙儉和舍等浮竹遺胤沈木餘苗邑殊禮義之鄉人習貪殘之性[illegible]者皇明廣燭帝道遐融頻亦削左衽而被朝衣解椎髻而昇華冕而豺狼有性梟獍難馴遂敢亂我天常變九隆而背誕負其地險携七部以稽誅擾亂邊疆皺皺州郡是用三門授律長驅無戰之師五月渡瀘深入不毛之地去月一十

朏音斐

陰靈月也陽烏日也

日軍次三朏崙鎮前後捕得生口知守促山差傍山連結十部蠻有徒五萬衆此山即南中之巨防也崗巒千里西通大荒之郊溪谷萬重南極炎洲之境聳喬林而插月陰靈有假道之摽扳崇巖以隱天陽烏無廻翼之地峯危束馬路絕縣車賊踞臨代之形垂建瓴之勢微風召雨蜎起蜂飛驅雜種以擬災封狐千里肆沇黎而作孽雄虺九頭臣以爲制敵以權柔遠者底成

指麾行軍之次井井有條

于德教伐叛以義決勝者不在乎干戈於是廣
布皇恩恭宣帝澤申之以安撫曉之以存亡信
重蠻陬無負黃龍之約賞隆漢爵不踰白馬之
盟而地接冉駹詞屢殫于喻蜀俗通槃瓠聲不
輟于吠堯臣遣左二軍子總管寧遠將軍劉玄
暉等啣枚遠襲卷甲前驅偃危旆而設潛兵疑
從天落乘間道而掩不備若出地中又遣某等
陟南山之南衝其要害之地又遣某等凌北山

之北絕其飛走之途賊某等撼螳蜋之力拒轍當輪從蚊蚋之羣爾山滿谷某等忠勤克著智畧遠聞識明君之重恩輕生有地提太阿之神劍視死無時彎孤而兇黨土崩舉刃而妖徒瓦解雖危若沸鼎未窮梟首之誅救死扶傷猶致析骸之釁二十二日臣遣某等擁貔豹之雄順天機而左轉遣某等率犀象之卒乘地軸以右廻又遣某等擁投石超距之材蹈中權而撫其

背又遣某某等騰躍鐵歕金之騎犯前茅而扼其
喉臣率某某等橫玉弩以高臨摐金鉦而直進玄
雲結陣影密西郊赤堇揮鋒氣衝南斗飈塵埃
而布地白日爲之晝昏積氛祲以稽天滄溟爲
之晦色兵交刃接鳥散魚驚自卯及申追奔逐
北斬首千餘級轉戰三千里激流膏而爲泉似
變萇弘之血委亂骸而擠壑若泛鼈靈之屍既
而照盡高舂雲昏一夜賊乃收集餘衆保據重

岩臣度彼遊魂慮其宵遁命三軍齊進四面合圍二十三日乘魚爛之危敵蛇形之陣揚麾誓衆仗節訓兵一鼓先登賞必懸于芳餌九攻按律罪無赦于嚴誅五部雄材三河俠少或生居燕地尤攻卽墨之圍或家本秦人早習昆明之戰叱咤則江山摇蕩慷慨則林壑飛騰舉鵬力以揚威燿犀渠而賈勇澄氛廓祲同夏景之潰春氷滅迹掃塵若霜風之卷秋籜戰踰百里時

歷三朝。前後生擒四千餘人。斬首五千餘級。諸
沒弄楊虔柳等。殞元行陣。懸首旌門。蒙儉和舍
等。委衆奔馳。脫身挺險。雖復刑以止殺。丁壯咸
服于誅夷。禮不重傷。班白必存于寬宥。昔魏臣
賦蜀。徒聞蒟醬之奇。漢使開邛。纔通竹杖之利。
豈若膺紫泥而弔伐。指丹徼以臨戎。一戰而孟
獲成擒。再舉而哀牢授首。斯並皇威遠暢。廟畧
遐宣。奉玄猷以配天。徒知帝力。掩皇輿而闢地。

楊慎曰覩此露布及代姚州道李義祭趙郎將文乃知始雖小勝終亦敗歸史不書者蓋當時不以聞也唐之敗于南路不止楊國忠而後隱蔽武后之世已然矣

豈曰臣功不勝慶快之至謹奉露布以聞

又破設蒙儉露布

臣聞七緯經天星墟分張翼之野八紘紀地炎洲限建木之鄉西距大秦襟金行而布氣南通交趾梳銅柱以爲隣俗帶白狼人習貪殘之性河淪赤虺川多風雨之妖水積炎蒸山涵毒霧竹浮三節肇興外域之源木化九隆頗作中國之患年將千祀代歷百王鄭純之化不追孟獲

筰音鑿西南夷國名

登皇踐帝字秀玄雲綠錯憁形容禎瑞之象不必求所指

之風逾煸三年疲衆徒聞定筰之議五月出師未息渡瀘之役然則大人拯物上聖乘期法乾坤以握樞體剛柔而建極知仁義不能禁暴設刑綱以勝殘知揖讓不可濟時用干戈而靜亂伏唯皇帝陛下祥摛戴玉拓地軸以登皇道契寢繩掩天紘而踐帝玄雲入戶纂靈瑞于丹陵綠錯昇壇薦禎圖于翠渚垂衣裳以朝萬國崇玉帛而禮百神昭儉防奢露臺惜中人之產宣

賫青進布也此縣言外夷無曆日惟以風月為占候赤熛朱提皆南中地名

風布政。明堂法上帝之宫。致羣生于太和。登品物于仁壽。四神踐雲。五老飛星。君囿祥麟。樂班文于仙卉。女牀鳴鳳。韻歸昌于帝梧。四隩同文。五風異色。鄧林萬里。纔疏苑囿之基。曾城九重。未出池隍之域。六合照臨之地。候月歸琛。大鑪覆載之間。占風納賫。蠢兹蠻貊。敢亂天常。横赤熛以疏疆。背朱提而設險。山林萬仞。岩邑十尋。望秦阜以相傾。崤陵失四塞之阻。對梁山而錯

以雞鹿影說文思雋甚

峙。劍門成一簣之峯。自謂絕壤遐荒。中外足以迷聲教。憑深負固。江山可以逃靈誅。不知玉弩垂芒。泅水無九嬰之沴。瑶階舞戚。洞庭有三苗之墟。臣等謬以散材。忝專分閫。自白招乘候。順秋帝以揚旌。絳節臨邊。通夜郎而解辮。雲開巂穴。旆轉邛川。峻岐折坂之危。盡忘襟帶。滇池漏江之固。曾莫藩籬。惟逆賊設蒙儉等。未革狼心。仍懷豕突。陵梁方命。旅拒偷生。地接祠雞。竟無

石菌石之叢聚
霧山巔曰椒

希於攺旦山多神麗終未息于擇音臣以大帝
宣威有征無戰明王仗順先德後刑加聖澤于
中孚緩天誅　大造厥南薰解愠仰雲闕以翔
魂東徙變音扣　門而頓顙而祝禽疎網徙開
三面之恩毒被　一妖逾肆九頭之暴巧鳩集餘
衆蟻結兕徒偷仰耳椎髻之渠千里霧合鑿齒雕
題之孽一呼　屯凌石菌以開營拒巖椒而峻
壘　窮切漢　登藏寶之山絕壑憑霄似聊封

鐵音齋

漲之谷以　月某日進營布陣踞險揚兵東西
三十里馬步二十萬聚蚊蚋而成響聲若雷霆
縱蛇豕以為孽氣橫宇宙臣遣某等擁拔山超
海之雄當其步陣遣某等驅躍景騰雲之驍承
其馬軍遣某等領勁卒一千絕其飛走之路遣
某等勒精兵九百斷其潛伏之軍臣率某等負
霜戈而直進指雲陣以長驅庚令斬馘七禽戰
士挾雷公之怒伏屍百里蠻夷識天子之威于

數語勇氣百倍

是三畧訓兵五申誓衆先登陷敵無遺大樹之
功後拒亂行必致曲梁之罰楚人三戶蜀郡五
丁氣擁玄雲精貫白日喑嗚則乾坤搖蕩呼吸
則林壑飛騰列旗幟以雲舒似長虹之東指横
劍鋒而電轉疑大火之西流刃接兵交洞胸達
腋自辰踰午魚爛土崩沸殄息于屠峯更切守
陴之哭積員顱于重阜殆成京觀之封唯賊帥
夸干未悟傾巢之兆敢懷拒轍之心獨率馬軍

語云憑君莫話封侯事一將成功萬骨枯此文見解

平川轉鬭驚塵亂起六合爲之寖光殺氣相稽四溟由是變色副總管李大志忠唯狥國義則忘軀臨危而貞節逾明制敵而神機獨遠丹誠自守雖九死其如歸白刃交前豈三軍之可奪投袂則妖徒霧廓搴旗而兇黨山崩于是乘利追奔因機深入困獸猶鬭如戰廩君之魂窮鳥尚飛似驚杜宇之魄斬甲卒七千餘級獲裝馬五千餘匹僵尸蔽野臨赤坂而非遥流血灑途

薩水一作隧水

覩丹徼以何遠首領和舍等竝討窮力屈面縛軍門。寬其萬死之誅。弘以再生之路。唯蒙儉脫身鋋險。負命窮山。顧巢穴而匪依。迯晷漏而何幾。况妖徒華面徼外。非復他人。部落離心。舟中皆爲敵國。瞻言梟首。指日可期。凡在歸降。隨事招撫。與之更始。復其故業。首丘懷戀。疑臨舊國之墟。安堵識家。似入新豐之邑。然後班師薩水。振旅禺山。建玄勳于武功。暢鴻猷于文教。庶荒

陬襲中原之禮。邊疆息外戶之虞。華封祝堯。兆
皇基于千載。夷歌頌漢。美王澤于三章。豈與夫
天帝前星。廣賜秦公之冊。坤元益地。遥開王母
之圖。葢亦有云。曾何足紀。斯竝玄謨廣運。廟畧
遐覃。一戎而荒憬肅清。再鼓而邊隅底定。豈臣
等提戈擐甲。克全百勝之功。仗節揚麾。能通九
變之策。詰蘽銜而獻旅。大帝成規。闡杖杜以勞
旋。小臣何力。不勝慶怏之至。謹遣行軍司馬梁

大牌。奉露布以聞。

讀義烏檄文露布諸篇英風義槩砥柱頽波大節清名雞鳴風雨所謂原忠蒙之心而發忠節之論者真唐之髙士也

焦竑曰成敗論人古今通弊如此議論高出古人卓越今代

張曰觀曰吳論人但知其為賓王敬業洗冤耳第不知其誅武氏既死削僞周猪奸雄之骨已寒其用意深且遠矣

駱賓王李敬業論

郭子章

世之以成敗論人者曰裴行儉知人李世勣知孫賓王敬業俱以敗誅嗟乎武曌司晨唐社已屋起兵檄讀未竟使人欲獻不能仰視世勣之相微業曰敗我家者必此孫也因獵而焚之敬業裹身死馬浴血而出誅武一師凜乎義旗世勣得此孫足蓋向日立武之愆家即不血食忠貫二曜名垂千禩所以光李氏大矣裴之黜駱

曰士先器識後文藝駱賓王文藝流耳茲檄也
疾風勁草板蕩忠臣豈譚天雕龍之士所能辨
哉比之三仁二龔何多遜焉野史載二公解甲
衣緇鴻冥鳳舉允若茲則大忠沉智又非夫人
所能窺測萬一者當唐周改革之際薦紳聯袂
屈膝簪珥廣陵之舉差強人意而徒以忠臣不
幸之績成闒者知人之鑑則士必吚嚅脂韋而
後稱良子孫必金張許史老死牖戶而後稱孝

也是夷齊非孤竹賢子而翟義眞莽賊也故行
儉世勸之識末矣

駱賓王本傳

唐書宋子京云駱賓王義烏人七歲能賦詩初爲道王府屬嘗使自言所能賓王不答歷武功主簿裴行儉總管洮州表掌書記不應調長安主簿武后時數上疏言事下除臨海丞鞅鞅不得志棄官去徐敬業舉義署爲府屬爲敬業傳檄天下斥武后罪狀后讀但嬉笑至一抔之土未乾六尺之孤安在矍然曰誰

爲之或以賔王對后曰宰相安得失此人敬業敗賔王亡命不知所之中宗時詔求其文得數百篇

附錄

唐魯國郄雲卿曰駱賓王婺州義烏人七歲能屬文高宗朝與盧照鄰王勃楊炯文詞齊名海内稱焉號爲四傑仕至侍御史後以天后即位頻貢章疏諷諫因得罪貶臨海丞文明中與李敬業起義廣陵事不捷逃遁文集悉皆散失後中宗朝降勑搜訪賓王詩筆令雲卿集焉所載即當時之遺漏凡十卷

唐孟啓本事詩云宋考功之問以事累貶黜後放還至江南遊靈隱寺夜月極明長廊吟行且爲詩曰鷲嶺鬱岧嶢龍宮閉寂寥第二聯搜奇思終不如意有老僧點長明燈坐大禪床問曰少年夜久不寐而吟諷甚苦何耶之問答曰弟子業詩偶欲題此寺而興思不屬僧曰試吟上聯即吟與之再三吟諷因曰何不云樓觀滄海日門聽淛江潮之問愕然訝

其道麗又續終篇曰桂子月中落天香雲外飄捫蘿登塔遠刳木取泉遥霜薄花更發氷輕葉未凋待入天台路看余度石橋僧所贈句乃爲一篇之警策遲明更訪之則不復見矣寺僧有知者曰此駱賓王也之問詰之曰當敬業之敗與賓王俱逃捕之不獲將帥慮失大魁得不測罪時死者數萬人因求戮類二人者函首以獻後雖知不死不敢捕送故

敬業得爲衡山僧年九十餘乃卒賓王亦落髮徧遊名山至靈隱以同歲卒當時雖敗且以匡復爲名故人多護脫之

宋劉定之先生云徐敬業與駱賓王兵敗賓王亡命爲僧往來靈隱寺宋之問至寺夜吟鷲嶺鬱岧嶢龍宮閉寂寥久無下韻賓王隔壁朗吟以終其篇之問大駭質明求見則遁矣敬業亦脫去爲僧衡山黃巢既敗脫身爲僧

依張全義于洛陽曾繪巳像題詩云記得當年草上飛鐵衣着盡着僧衣天津橋上無人識獨倚欄杆看落揮人見其像識其爲巢古今若此脫身者多矣史豈盡得其實也

唐詩紀事云世稱王楊盧駱楊盈川之爲文好以古人姓名連用如張平子之略談陸士衡之所記潘安仁宜其陋矣仲長統何足知之號爲點鬼簿賓王文好以數對如秦地重關

一百二漢家離宮三十六人號爲笄博士帝京篇曰倏忽搏風生羽翼須臾失浪委泥沙賓王後與徐敬業興兵揚州大敗逃死此其讖也

本朝新都楊升庵云孔北海大志直節東漢名流而與建安七子並稱駱賓王勁詞忠憤唐之義士而與垂拱四傑爲列以文章之末技而掩其立身之大閑可惜也君子當表而出

之
本朝華亭徐獻忠云世傳賓王以文藝被誅傷
哉其言之也夫含宮嚼徵文士之長擊節書
空恒人所畧以賓王才美之士逍遥菀柳之
下豈不暢咏神情而數上書言事武后乃爲
徐敬業傳檄天下悲夫循性而動不顧諱忌
雖古之狂狷何以加之哉或曰樓觀滄海日
門聽浙江潮賓王尚作老僧語殆非誅死也

本朝太倉王鳳洲云盧駱王楊號稱四傑詞旨
華靡固沿陳隋之遺骨氣翩翩意象老境超
然勝之五言遂爲律家正始内子安稍近樂
府楊盧尚宗漢魏賓王長歌雖極浮靡而綴
錦貫珠滔滔洪遠故是千秋絕藝蕩子從軍
獻吉改爲歌行遂成雅什子安諸賦皆歌行
也爲歌行則佳爲賦則醜
文獻通考陳氏曰其首卷有曾國刼雲卿序言

賓王光宅中廣陵亂伏誅莫有收拾其文者後有勑搜訪得四五本卷數亦同而次序先後皆異序文視前加詳而云廣陵起義不捷而遁本傳亦言敗而亡命不知所終與蜀序合

晁氏曰賓王妙于五言詩

容齊洪氏隨筆曰王勃等四子之文皆精切有本其用駢儷作記序碑碣蓋一時體格如此

而後來頗議之杜詩云王楊盧駱當時體輕薄爲文哂未休爾曹身與名俱滅不廢江河萬古流正謂此耳身名俱滅以責輕薄子江河萬古流指四子也

茅鹿門曰賓王才子也流落不偶遂與敬業同事議者謂其器識不足因陷禍亡夫臣復大事賓王奮身草檄聲忠義于天下眞有用文章視楊子雲班孟堅蔡中郎輩霄壤矣

藝苑雌黃云駱丞一抔之土未乾此是用漢史語前漢張釋之傳云假如愚民取長陵一抔土陛下何以加其法乎顏師古注云抔步侯反謂以手掬也其字從手不忍言毀徹故止言取土耳今學者讀爲杯勺之杯非也夫杯豈盛土之物哉

王元美曰唐人紀宋延清二事吾皆疑之其一謂延清夜投靈隱寺得句云鷲嶺鬱岧嶢龍

宮鎖寂寥屬吟甚苦一老僧云少年何不言樓觀滄海日門聽浙江潮遂終篇跡之乃賓王也其二謂劉希夷去年花落顏色改今年花開復誰在延清愛而欲有之不許遂以土囊壓殺之夫落花句雖自妍宛要非至者延清自多佳境何至苦欲得之其與賓王年事不甚相遠賓王又有江南贈宋五之問及兗州餞别詩何得言非舊識若賓王果爲老僧

而之問後謫過杭亦且老矣不得呼少年止
由二詩並見集中而好事者欲以證希夷之
横死賓王之倖生故令延清受此長誣耳
臨川桂天祥曰唐初盧駱王楊始變古體而爲
聲律雖破荒之始音節未完氣格韻調自爾
曠逸後諸公因之變化流風遺響卓越萬代
者青出于藍而青于藍也
又曰評四才子詩不可摘字句看要須識大體

方見他好處

眉公陳繼儒曰駱丞當六朝之後四六稱極麗者其啓之工處又不在實字上見奇乃在虛字上見巧

華玉顧璘曰自六朝來正聲沉靡四君子一變而開唐音之端卓然成家觀子美之詩可見矣

跋

衡讀駱義烏集見其展怀志贈未嘗不乃悦易水則曰此国慷慨負義高氣節者也廣陵起義雖未必不自臨海阻抑激憤為雄而晨牝索家漸揭本株傳檄數皋亦令此時有氣大抵殆異乎嘗嘗苟為肥飽者矣其法篇什頗有豔情雖云江麗前响亦稱子架唐聲至誦致逸心懸

神幽體輕之詞則豈徒擬空花而理亡言諦悟夫勢牽于人道成于家之所以豈往由礙絕而情巨返真尚但曰工巖爲變大可膽炙則崇致古且或厭其層儷而取誇者思得竊其半竊者也于時廣川此集而坊肆競鐫冀得偽舊破析字句淆贅訛濁殊甚識憎偶得此舊版取其白文便讀翻訂行之伏月夜亟王衡書

ISBN 978-7-5010-6433-5
9 787501 064335 >
定價：135.00圓